안드로메다 소녀

이 도서의 국립중앙도서관 출판시도서목록(CIP)은
서지정보유통지원시스템 홈페이지(http://seoji.nl.go.kr)와
국가자료공동목록시스템(http://www.nl.go.kr/kolisnet)에서
이용하실 수 있습니다.
(CIP제어번호 : CIP2014036843)

바다로
간 013
달팽이

안드로메다 소녀

김도언 김유철 김해원 박영란
전건우 정명섭 주원규

테마소설집 : 십 대의 성과 사랑을 말하다

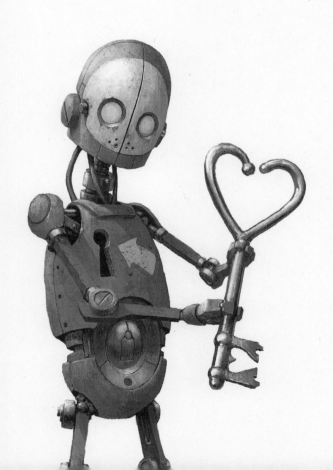

북멘토

차례

갈 증

김도언

1998년 『대전일보』와 1999년 『한국일보』 신춘문예 소설 부문에 당선돼 작품활동을 시작했다. 2012년 『시인세계』 신인문학상을 받으며 시인으로 데뷔했다. 펴낸 책으로 소설집 『철제계단이 있는 천변풍경』, 『악취미들』, 『랑의 사태』, 장편소설 『이토록 사소한 멜랑꼴리』, 『꺼져라 비둘기』 등이 있다.

사진 기자가 다시 한 번 내게 표정을 좀 밝게
하라고 요구했을 때, 나는 볼멘소리로 이렇게
말했다.
"저는 갈증 때문에 지금 밝은 표정을 지을 수
가 없어요."

비릿한 새벽이다. 뜨겁고 텁텁한 쾌감에 눈을 뜬다. 팬티 안으로 손을 넣어 본다. 젖어 있다. 100만 번째 몽정이다. 쾌감과 죄책감의 여운이 희미하게 잦아들길 기다렸다가 화장실에 간다. 익숙하게 팬티에 묻은 정액을 물로 씻어 내고 꼭 짜서는 세탁기에 집어넣는다.

나의 갈증은 해갈이 되지 않았는데, 시장선거는 일주일 앞으로 다가왔다. 마치 축제가 열리는 도시처럼 이곳은 연일 들뜬 기운에 사로잡혀 있다. 그럴수록 내 영혼과 육체의 목마름은 심해진다. 시장 후보로 선거에 나선 아버지는 일주일 후면 이 도시의 새로운 시장이 될 것이다. 어떤 저격수가 멋진 선글라스를 쓰고 앞으로 일주일 안에 아버지를 암살하지만 않는다면 그것은 거의 확실하다. 대부분의 시민들, 특히 투표권을 가지고 있는 어른들은 아버지를 좋아한다. 그들은 진심으로 아버지를 자신들의 시장으로 추대하고 싶어 하는 것 같다. 무엇이 아버지를 그토록 매력적인 존재로 만들었을까? 어떤 면이 그를 남다르게 보이도록 하는 것일까. 유능한 참모들이 아버지의 명석한 두뇌와 빼어난 외모, 그리고 도덕적 흠결이 없는 인격 등을 효과적으로 홍보했기 때문일까. 아버지가 그토록 훌륭한 사람인가? 글쎄 나는 솔직히 잘 모르겠다. 그는 아들의 갈증을 이해하지도 풀어 주지도 못하는 사람이다. 나는 아들이니까 그에게 시장으로서의 역할보다는 아버지로서의 역할을 먼저 기대할 수밖에 없다. 아버지가 얼마나 훌륭한 시장 후보인지에 대해서는 별 관심이 없는 거다. 그가 내 갈증에 아무런 관심을 보이지 않는다면, 그에 대한 나의 무관심 또한 철회되지 않을 것이다.

아버지는 연일 계속되는 유세와 각종 행사에 참석하느라 하루에 서너 시간 정도밖에 잠을 자지 못한다. 어머니와 형도 정상적인 생활을 못 하고 있다. 하지만 희망적인 건, 우리 가족 중 그 누구도 아버지의 승리를 의심하는 사람은 없다는 점이다. 그러나 그 희망은 누구의 것인가. 나는 잘 모르겠다. 왜 아버지가 시장이 되려는 건지도. 나를 제외한 우리 가족 모두, 심지어 할머니와 할아버지까지 아버지가 시장이 되기를 바라는 것 같다. 아버지의 참모들은 각별한 교육을 받았다. 그들은 사자처럼 조금도 지치지 않는다. 원형 트랙에서 유도센서에 매달린 고깃덩어리를 쫓아 끊임없이 뛰는 개들을 닮아 있기도 하다.

스마트폰 벨이 울린다. 형의 것이다. 형은 지금 샤워 중이다.

아니다, 형이 샤워를 하고 있는지 아니면 샤워기 꼭지로 성기를 문지르며 마스터베이션을 하고 있는지 나는 알 수 없다. 그가 무엇을 하고 있는지는 그 누구도 장담할 수 없을 것이다. 나는 잠금 패턴이 설정되어 있지 않은 형의 전화를 받는다. 전화를 건 사람은 내 친구이자 형의 여자친구 수미다. 그는 미래의 도련님이 될지도 모르는 내게 다짜고짜 반말이다.

"왜 네가 받아?"

"왜 내가 받으니까 기분 나쁘니?"

그렇게 말하자 수미는 금방 시무룩해진다. 나는 수미가 비록 형의 여자친구이긴 하지만 착한 아이라는 걸 안다. 그 아이의 아버지는 대형 로펌의 대표 변호사라고 했다. 우리 집안과는 할아버지 때부터 각별한 인연이 있다고 했다. 아버지가 변호사라면 수미의 머리도 나쁘진 않을 것이다. 하지만 머리가 똑똑하고 착하다고 해서, 내가 수미를 좋아할 수 있는 건 아니다. 난 말하자면 대책 없이 착한 아이들을 경멸하는 편이다. 그런데, 알 수 없게도 자꾸 나는 수미를 만지고 싶다. 갈증 때문이다. 수미의 봉긋한 가슴과 미끈하게 뻗은 다리를 볼 때면 만지고 싶은 마음 때문에 머릿속이 온통 울긋불긋해진다. 경멸하는 대상을 향한 이 성적인 욕망이 좀 수치스러울 때도 있다. 그래서일까, 나는 수미를 윽박지른다.

"너 자꾸 전화할 거야! 형은 지금 샤워 중이야. 그리고 샤워를 마치면 아버지 선거운동 자원봉사 간다고 했어."

"그렇구나. 샤워 끝나면 내게 전화 좀 해 달라고 전해 줄래?"

"문자 보내면 되잖아. 내가 왜 그런 걸 전해 줘야 해. 그런데 궁금한 게 있는데."

"뭔데?"

"너 형하고 어디까지 갔어? 뽀뽀는 해 봤어?"

"너 그런 건 짓궂게 왜 물어."

나는 정말 궁금해서 물은 것이다. 수미와 형이 어디까지 갔을지. 그들이 섹스는 했는지. 물론 그것을 묻는 것은 짓궂은 일이다. 때때로 나는 나조차 이해할 수 없을 정도로 주변 사람, 특히 착한 사람에게 짓궂게 군다. 만지고 싶은 마음과는 별개로 말이다.

얼마 전 학교 도서관에서 뽑아 든 어떤 책에서 나는 이런 문장을 읽었다. 조너선 리빙스턴이라는, 사제였다가 유부녀와 부정을 저지르고 스스로 파직을 선택한 작가가 쓴 글이었다.

"목마른 어린 영혼의 눈이 단 한 번 맑은 열정을 구하게 될 순수의 시절에 누가 그 눈에 사랑의 경건한 빛을 보여 줄 수 있을까. 바라보며 경배할 대상이 없는 영혼의 어린 주인은 악의 존재를 깨닫고 바람 부는 어두운 계곡으로 향한다. 이미 그때는 어떤 사랑의 위안보다도 투쟁의 의지만이 그를 위로할 것이다. 그는 투쟁하는 동안 외로움과 절망 때문에 탄식할지도 모른다. 자기 영혼을 모멸하려 드는 세계와의 투쟁을 멈추지 않는 자는 누구든지 이 외롭고 어지러운 영혼의 탄식에 대해서 말할 자격이 있다."

나는 그 글의 뜻을 제대로 이해할 수 없으면서도 공책에 문장을 옮겨 적고 틈나는 대로 들여다보았다. 내가 특히 좋아하는 문장은 바로 이 대목이다.

"경배할 대상이 없는 영혼의 어린 주인은 악의 존재를 깨닫고 바람 부는 어두운 계곡으로 향한다."

나는 이 대목을 거듭 소리 내어 읽어 보았다. 잠이 오지 않는 밤 침대에 누워서도, 화장실 좌변기 위에 앉아 자위를 하면서도, 학교 창밖으로 먼 하늘을 찌르고 서 있는 아파트를 바라보면서도. 그러면서 이런 생각을 해 보았다. 신에 대한 충성을 맹세한 자가 유부녀와 연애할 때 그는 무엇에 사로잡혀 있던 것일까. 그도 나처럼 절대적인 갈증을 느낀 것은 아니었을까. 그렇다면 그것은 용서받아야 하는 것 아닌가. 갈증에서 시작된 것인데……

여기서 잠깐 나에 대한 이야기를 하는 게 좋을 것 같다. 내 이름은 이곤, 열여섯 살이다. 지난 생일, 이모가 선물로 사 준 코르크 지갑 안에는 라미네이팅 된 중학교 3학년의 학생증이 들어 있다. 키는 163센티미터이고 몸무게는 50킬로그램인데 모두 또래의 평균치보다 약간 밑도는 편이다. 나는 내 체격에 대해서 약간의 열등감을 갖고 있긴 하지만 우울할 만큼 걱정스럽지는 않다. 고민이 많아서 다른 친구 녀석들보다 조금 더디게 자라는 것뿐이라고 생각한다. 그것을 이해하는 친구는 동석이밖에 없다. 생각이 없는 모든 것은 쑥쑥 자란다. 벤자민 나무도, 사과나무도, 대나무들도, 우리 반 꺽다리 용수도. 학교에서 선생님들은 나를 '몽상하는 아이'로 생각하는 쪽과 '속을 알 수 없는 아이'로 생각하는 쪽, 그리고 '시장의 아들'로 받아들이는 쪽으로 나뉜다. 나를 시장의 아들로 받아들이는 선생님들은 대체로 나이가 많고 잔소리를 많이 하는 꼰대들이다.

나는 공부를 썩 잘하지는 못하지만 열등생은 절대 아니다. 마음만 먹으면 언제든지 나보다 성적이 좋은 녀석들을 따라잡을 자신이 있다. 말하자면 나는 공부를 좀 느슨하게 하고 있을 뿐이다. 어떤 날은 학교에 다녀온 후 가방을 침대 위에 내던지고는 다음 날 아침, 학교에 가기 위해 다시 책가방을 집어 들 때까지 책가방을 열어 보지 않는 날도 있다. 물론 아버지와 어머니는 내 부진한 성적을 걱정하고 형은 대놓고 내 성적을 경멸하기까지 한다. 지난번 중간고사가 끝나고 반에서 23등을 한 성적표를 내밀었을 때 형은 나를 무슨 가엾은 짐승 대하듯 바라보며 면전에서 면박을 줬다.

"이걸 점수라고 받아 오니! 네가 정말 내 동생이라면 이런 점수를 받으면 안 되지. 정말 어이가 없어서 말이 안 나온다."

하지만 나는 무사태평이다. 내가 성적이 안 좋은 이유는 섹스에 대한 상상을 너무 많이 하기 때문이다. 성적은 내 삶에 대해서 아무것도 알려 주지 못한다. 성적이, 내 삶을 구성하는, 간단치 않은 모호한 욕망과 불안과 모험에의 동경을 대체 어떻게 설명한단 말인가. 형은 물론 내 성적을 경멸할 자격이 있다. 그는 전교 1등을 놓치지 않으니까 말이다. 하지만 형처럼 과외선생과 새벽까지 머리를 맞대고 공부해서 전교 1등을 지키지 못한다면 그것이 오히려 더 이상한 것 아닐까.

"형이 전교 1등을 하니까 아빠와 엄마가 네 성적에 좀 더 너그러울 수 있는 거야."

언젠가 수미가 내게 해 준 말이다. 그 말을 들은 뒤부터 나는 그래도 형에게 약간의 고마운 마음을 갖고 있긴 하다.

나는 얼마 전까지 엑소나 투애니원의 광팬이었지만 지금은 라디오헤드나 오아시스를 좋아한다. 언젠가 영어선생님이 그들의 음악에 대해서 수업시간에 말해 준 날, 나는 인터넷에서 그들의 음악을 찾아서 들었다. 뭐랄까 좀 구식인 듯하면서도 정신을 잡아끄는 힘이 있었다. 나는 그들의 음악에 귀를 기울이는 것이 성숙해진 영혼의 요구에 응하는 것이라고 내 맘대로 간주했다. 물론 그들을 좋아하는 일이 앞으로 얼마나 갈지는 알 수 없다. 1년을 넘길 수는 있을까. 내가 좋아했던 모든 것들의 운

명이 그러했던 것처럼 말이다. 변덕이 심한 것 아니냐고? 나의
경우, 호기심은 언제나 두려움보다 앞에 있다. 나는 새로운 것,
새로운 세상, 새로운 느낌을 동경한다. 그 동경은 내게 막막한
갈증을 안긴다. 섹스는 내 오랜 동경과 갈증의 가장 절대적인
대상이다. 나는 섹스에 대해 무한하다 싶을 정도의 호기심을 갖
고 있다. 모르는 것이 있으면 알고 싶고, 보고 싶은 것이 있으면
꼭 찾아서 봐야만 직성이 풀리는데, 섹스라는 모호한 대상은 언
제 내게 자신의 비밀을 알려 줄까.

　열여섯 살인 나는 학교에서나 집에서나 늘 관찰의 대상이 된
다. 열여섯 살은 아이도, 어른도 아닌 어정쩡한 나이다. 마치 샌
드위치 속 양상추처럼 구겨져 있는 나이가 열여섯 살인 것이다.
사소한 실수라도 하면 아이도 아닌 것이 그런 실수를 하냐고
야단맞고, 좀 어른 흉내를 내려고 하면 머리에 피도 안 마른 녀
석이 벌써 주제넘은 짓을 한다고 야단맞는다. 그렇다. 내게 잘
못이 있다면 내가 열여섯 살이라는 것뿐이다. 그렇지 않은가?

　학교 선생님들은 모두 나를 알고 있다. 교장선생님까지도,
1,500명이 넘는 전교생 중 하나일 뿐인 내 이름을 알고 있다. 다
른 반 애들 중에도 나를 알고 있는 사람이 많다. 내가 지나가면
쉬쉬하면서 귓속말로 속삭이는 것이 느껴진다.

　많은 사람들이 내 이름을 알고 내가 많은 사람들에게 관찰의
대상이 되는 것은 아마도 아버지가 좀 특별한 사람이기 때문일

것이다. 아버지는 인구 100만이 넘는 이 도시의 시장이다. 그러니까 그는 현역 시장이라는 프리미엄을 안고 이번 선거에 나온 거다. 그가 시민들의 투표로 시장에 처음 선출된 것은 바로 2년 전 일이다. 전임 시장이 임기 중, 용서받을 수 없는 부정을 저질러 법의 심판을 받고 수감되자, 보궐선거를 통해 아버지가 시장으로 뽑힌 거다. 그리고 2년이 지난 지금, 아버지는 재선 시장에 도전하고 있다. 핸섬하고 돈 많고 좋은 대학을 나온 아버지는 사람들을 자기편으로 끌어들이는 훌륭한 말솜씨까지 갖춘 사람이다. 할아버지 역시 정치를 했던 사람이다. 야당 국회의원을 지내다가 좋은 이미지를 갖고 은퇴한 사람이다. 아버지가 얻은 영광은 할아버지의 후광에 힘입은 바 크다. 하지만 나는 아버지의 이미지들이 얼마나 사실과 다르게 날조된 것인지 잘 알고 있다.

1년 전쯤 우연하게 아버지와 어머니가 밤늦게 거실에서 나에 대한 이야기를 나누는 것을 엿듣고부터 나는 내가 사람들에게 꾸준히 관찰되고 있다는 것을, 다시 말하면 내가 그동안 주변 사람들에게 꾸준히 관찰당했다는 것을 깨닫게 되었다. 나는 그날 거실에서 놀다가 소파 뒤쪽에서 엎드려 까무룩 잠이 들었던 모양이다. 아버지와 어머니는 내가 소파 뒤에서 잠을 자고 있는 것을 몰랐을 것이다. 어머니 목소리에 스르르 잠이 깼다.

"오늘 둘째 담임으로부터 전화가 왔는데 요즘 공부도 통 하지 않고 수업시간에 주의력도 산만하다고 해요."

"아, 그놈 참. 큰애처럼 조용히 지나가는 줄 알았더니 뒤늦게 사춘기가 시작됐나? 집에서는 좀 어때?"

"전보다 훨씬 말수가 줄었어요. 무슨 불만이 있는 것 같기도 하고."

"좀 더 신경 써서 지켜봐요. 필요한 것이 있다면 구해 주고."

어머니는 시장인 아버지에게 잘 어울리는 젊고 아름다운 여자다. 언젠가 어떤 신문 기자가 어머니를 재클린 오나시스에 비유한 적이 있다. 나는 그때 재클린 오나시스라는 이름을 기억해 두었다가 인터넷 검색창에 쳐 보았다. 세상에 그녀는 미국 케네디 대통령의 미망인이었다가 나중에 그리스 선박왕 오나시스와 재혼한 여자였다. 하지만 난 그 여자의 사진을 보고는 신문 기자의 비유가 썩 훌륭한 것이 아니라는 사실을 깨달았다. 나의 어머니가 겨우 재클린 오나시스밖에 안 된다니. 내가 보기에 어머니는 재클린보다 백 배는 더 우아하고 예쁘다. 어머니는 대학에서 음악을 공부했다. 나는 아주 가끔 피아노 건반을 두드리며 유머레스크 같은 소품을 치는 어머니를 볼 수 있다. 어머니가 치는 피아노 소리를 들으면 아주 기분이 좋아진다. 섹스에 대한 상상이나 식욕 같은 것도 사라지고, 그냥 그 자리에 가만히 정지하게 된다.

좀 이상한 말이지만 나는 아버지와 어머니가 몇 살인지 알지 못한다. 그들은 사실 나이가 궁금하지 않을 만큼 화려한 외양을 가지고 있다. 부모의 나이를 몰라서 불이익을 당한 적은 아직 한 번도 없다. 나는 오로지 열여섯이라는 내 나이, 나의 세계에만 관심이 있을 뿐이다.

열여섯이라는 나이에 대해 잠깐 이야기해 보자. 샌드위치 속 양상추 같은 나이. 열여섯 살이라는 나이는 더 이상 보호받지도, 그렇다고 인정받지도 못하는 나이이다. 열여섯 살인 우리는 비에 젖은 생쥐처럼 불안하고 위태롭다. 그리고 갈증에 예민하다. 영혼과 몸이 느끼는 목마름, 따뜻하고 격렬한 감각에 대한 갈증을 해결할 수 없어서 우울하다.

열여섯, 열여섯 살은 마음대로 할 수 있는 것이 아무것도 없다. 그것이 참 안타까운 것은 1년 후나 2년 후에도 사정이 그닥 나아지지 않을 거라는 데 있다. 열여섯은 성욕을 참아야 하며 충분히 소비할 만한 돈을 갖지 못하고 노동할 권리를 제한받는다. 이 중에서 내게 가장 큰 고통을 주는 것은 성욕이다. 사실 사회는 열여섯 살의 성욕을 존중해 주지 않는다. 열여섯 살의 성욕은 처참하게 무시당하고 대개의 경우 몽정 따위로 비루하게 해소된다. 열여섯 살은 또한 여행과 독립과 출산이 금지되고 재화를 마음대로 소비할 수도 없다. 소비할 수 없을 뿐만 아니라 적금이나 보험 같은 금융상품도 계약하지 못한다. 술과 담배도 살 수 없고 현금카드를 발급받지도, 핸드폰을 자기 이름으로 등록하지도 못한다. 그리고 시장을 뽑는 선거에 투표를 할 수도 없다. 이런 것들, 그러니까 금지되는 것들의 최소한이나마 누리기 위해서 내 또래의 아이들이 주로 선택하는 방법은 집을 뛰쳐나가는 일이다. 용감하게 집을 뛰쳐나간 아이들은 차디찬 거리에서 역시 집을 나온 같은 처지의 여자아이를 찾아서 담뱃불을 건네거나 소매치기 같은 자잘한 범죄를 배우면서 열여섯 살의 금기를 스스로 해제한다.

우리 반에도 가출을 해서 어디에 있는지 모르는 녀석들이 두 명이나 있다. 그중 한 녀석은 나에게 함께 가출하자고 권유했었다.

"집에만 있으면 답답하지 않니? 너네 아버지가 시장님이기 때문에, 넌 다른 누구보다도 자유를 구속당하고 있잖아. 나와 함께 이곳을 떠나자. 다른 도시로 가자."

하지만 나는 녀석의 제안을 매몰차게 한마디로 거절했다.

"이곳을 떠나 다른 곳에 가도 너는 구속당할 거야."

내가 그의 제안을 거절한 것은, 그 제안이 너무나 허술해 보였기 때문이기도 했지만, 아버지가 시장으로 있는 이 도시를 떠날 자신이 없었기 때문이다. 그리고 이것이 더 솔직한 대답이 되겠지만, 아버지가 시장이어서 내게 주어지는 여러 가지 이익들을 포기할 자신이 없었기 때문이다. 영화나 문학 작품에서 빈번하게 묘사되는 것처럼 반항이나 저항이 멋있게 보일는지는 모르겠다. 하지만 나는 그것들을 부러워하지는 않는다. 반항하는 아이들의 용기는 가상하게 생각하는 편이지만 그들처럼 그런 경박하고 옹색한 방식으로 자유를 얻고 싶지는 않다. 나는 좀 더 정당하고 세련된 방법이 있으리라고 생각하는 편이다.

아주 특별한 경우이긴 하지만 나는 반친구 동석이가 택한 반항의 방식을 지지한다. 1년 전 그의 부모가 이혼했을 때 동석이는 과감하게 독립을 요구해서 승낙을 받아 냈다. 똑똑한 동석이가 부모에게 한 말은 이런 것이다.

"아빠와 엄마도 자신들의 삶을 위해 이혼한 거잖아요. 다른 사람 생각은 전혀 안 하고 말이에요. 그러니까 내게도 내 삶의 방식을 스스로 정할 수 있는 권리를 주세요. 난 두 분 어느 쪽과도 안 살아요. 혼자 살 거예요."

꽤 탄탄한 기업의 오너인 동석이의 아버지는 동석이에게 24평짜리 아파트를 하나 구해 주었다. 그것은 수십 년 후의 유산을 미리 당겨 준 것밖에는 안 되는 것이다. 극심한 우울증이 있던 동석이의 어머니는 치료차 친정 식구들이 있는 캐나다로 떠났다고 했다. 그래서 자연스럽게 동석이는 자신이 원했던 독립을 쟁취했다. 그런데, 사람들이 상상하는 것처럼 동석이의 삶이 방종이나 치기나 무질서 같은 것으로 채워져 있진 않다. 그는 놀라운 통제력으로 독립생활을 아주 잘해 나가고 있다. 학교생활도

충실하고 좋은 성적도 계속 유지하고 있다. 그는 이렇게 말해서 나를 감동시킨 적이 있다. 멋진 녀석임이 분명하다.

"나는 망가지기 위해서 독립을 쟁취한 게 아니야. 나는 나를 증명하기 위해 독립한 거지. 그러기 위해선 나만의 질서를 만들어야 해."

어쨌거나 동석이는 참 부러운 친구다. 내가 가장 부러워하는 것은 물론 동석이의 자유로운 성생활이다. 동석이는 원할 때면 언제든지 섹스를 할 수 있는 여자친구가 있다. 동석이의 여자친구는 동갑내기인 아주 늘씬한 여자앤데 중학교 연합 음악서클에서 만났다고 했다. 스쿨밴드에서 키보드를 치는 여자애였다. 동석이와 여자친구는 함께 연주를 하고 노래를 부르면서 영혼이 합치되는 것을 느꼈고, 자연스럽게 육체도 합일시켰다고 말했다. 이런 동석이를 생각하면 내 갈증은 더욱 안쓰러워진다. 그걸 잘 아는 동석이는 고맙게도 내게 이런 말을 했다.

"네 갈증이 참 딱하구나. 여자친구 생기면 언제든지 말해. 내가 아파트를 비워 줄게."

나는 지금 다소 장황하게 나에 대한 이야길 하고 있다. 다른 사람에게 내 이야기를 하는 것은 사실 익숙하지 않은 일이다. 아버지처럼 힘 있는 자들, 권력을 가진 자들, 그리고 지배하는 자들은 자기 자신에 대해서 떠들지 않는 법이다. 자기 자신에 대해 말하고 자신을 설명하려고 하는 사람들은 모두 약자이고 지배를 받는 사람들이며, 구속당하는 자들이다. 그러니까 갈증을 해소하지 못한 자들. 그렇다면 나 역시 지극히 나약하고 힘없는 존재임에 틀림없다. 눈치챈 사람도 있겠지만 난 좀 조숙하고 영악한 편이다. 하지만 열여섯 살이기 때문에 아직 서툰 점도 많다. 동석이처럼 독립을 쟁취하거나 일찌감치 갈증을 해소한 열여섯 살은 매우 드물다. 아직 나는 내 머릿속 생각을 정리해서 말하는 데 서툴다. 그럴 기회가 없었기 때문이다. 아직까지 한 번도 나의 생각을, 나의 이야기를 내가 아닌 다른 누군가에게 전달하고 이해시키려고 노력해 본 적이 없다. 오히려 나는 다른 사람의 이야기와 생각을 이해하기 위해 노력해야 하는 쪽이었다. 그러니까 내 이야기가 아버지가 연단에 올라서서 화려한 제스처와 함께 유권자들을 향해 하는 연설처럼 매끄럽지 못하고 조금은 거칠어도 이해해 달라는 말이다.

　내가 싫어하는 것 중에 위에서도 잠깐 얘기한 학생증이란 게 있다. 나는 내 사진과 내 이름이 규범적으로 들어가 있는 학생증을 극도로 혐오한다. 학생증을 보고 있으면 늘 몸이 갑갑해지고 숨이 막혀 온다. 압착 비닐에 눌린 학생증 속 얼굴처럼 숨쉬기가 힘들어진다. 이상한 일은 학생증은 분명 나의 것이지만 나보다도 다른 사람들이 더 좋아한다는 것이다. 이를테면 학교의 교무주임 선생이나 기숙사의 사감선생, 그리고 아버지의 후

배이기도 한 시 청소년지킴이위원회의 위원, 그리고 파출소 소장 같은 사람들 말이다.

나는 그들을 게임방이나 편의점이나 카페 등에서 마주친 적이 있는데, 매서운 눈초리로 나를 노려보다가도 내가 학생증을 내밀면 언제 그랬냐는 듯 선량한 표정을 짓곤 한다. 만약 내가 아버지 이름을 대면 그들은 어떤 표정을 지을까? 아마도 차에 태워서 집으로 보냈을 것이다. 아버지는 이 도시의 꽤 인기 있는 시장이니까 말이다. 그들뿐 아니라 이 세상의 어른들은 모두 내가 아닌 학생증 속 내 이름과 사진을 더 좋아하고 더 신뢰하는 것 같다. 하지만 이런 학생증을 가지고 내가 할 수 있는 일이란 아무것도 없다. 고작 수영장 이용료나 영화관 관람료를 할인받는 일 따위가 전부다. 가로 10센티미터, 세로 7센티미터의 종이를 비닐 코팅한 것에 불과한 학생증 속에는 내가 할 수 없는 일, 내가 해서는 안 되는 일이 빼곡하게 적혀 있다.

'섹스하지 말라. 술 마시지 말라. 담배 피우지 말라. 부모에게 반항하지 말라. 성인영화관에 가지 말라. 머리칼을 기르지 말라. 집에 늦게 들어가지 말라. 늦게 잠들지 말라. 음탕한 생각을 하지 말라. 파마하지 말라. 염색하지 말라. 문신하지 말라. 자살하지 말라. 장거리여행하지 말라. 외박하지 말라.'

깨알 같은 글씨로 쓴, 숨 막히게 답답한 문장이 적혀 있는 것이다. 누가 만들었는지는 모르지만 그것은 세상에서 제일 조악

하고 멍청한 문장이다. 내 눈에는 그것이 너무나 잘 보인다. 그런데 다른 친구들 눈에는 그것이 보이지 않는 모양이다. 답답한 노릇이다. 나와 같은 해에, 심지어는 같은 계절, 같은 달에 태어난 아이들 중에도 내가 바라보고 내가 느끼는 것을 보지도 느끼지도 못하는 아이들이 있다. 같은 또래라도 이렇게 다를 수 있다는 것은 여간 흥미로운 일이 아니다.

체구는 왜소한 편이지만 나는 친구 녀석들에게 인기가 많다. 아이들뿐만 아니라 선생님들한테도 특별한 주목을 받는다. 아이들에게 인기가 있는 것은 받아들일 만한 일이지만, 선생님들의 주목을 받는 것은 좀 부담스럽다. 단 한 사람, 영어선생님만 빼고 말이다. 스물일곱이나 여덟쯤 된 영어선생님은 나와 키가 비슷한 여선생님인데, 우윳빛깔 피부와 푸른 눈을 가진 미인이다. 아쉽게도 영어선생님은 다른 선생님과는 달리 내게 별 관심이 없는 것 같다. 수업시간에 가끔 창문 너머 먼 곳을 바라보는 영어선생님은 영화 속 주인공처럼 보인다. 어딘지 쓸쓸하고 고혹적인.

영어선생님은 수미와 더불어 내 성적 환상의 중요한 대상이다. 사실 내 몽정의 주인공은 수미보다는 영어선생님이다. 아직 몸이 빈약하고 덜 여문 수미보다 영어선생님의 성숙한 몸이 내게 더욱 격렬한 성적 환상을 자극하기 때문이다. 영어선생님은 내 꿈속에서 발가벗은 채 자주 나타난다. 내가 꿈속에서 주로 하는 일은 영어선생님을 애무하거나 선생님과 섹스를 하는 것이다. 내가 사타구니라도 깨물면 영어선생님은 피리 소리 같은 교성을 내지른다. 그리고 그 꿈은 여지없이 몽정으로 이어진다. 아침에 축축해진 팬티를 갈아입고 샤워를 하면서도 나는 다시 한 번 간밤의 꿈을 복기하면서 자위를 한다. 아침에 이렇게 자위를 하고 학교에 가면 잠이 몰려온다.

내 나이 또래의 거개가 그런 것처럼 나 역시 미국 프로농구와 메이저리그 야구 경기를 좋아하고 '틴팝'이라고 부르는 아이돌의 브로마이드나 팬북을 사 모은다. 그리고 참고서를 들여다보는 것보다는 컴퓨터 온라인게임의 매뉴얼을 읽는 것을 더 좋아한다. 스마트폰으로 최신 앱을 다운받아서 친구들과 공유도 한다. 그런데 사실은 온라인게임도 스마트폰 애플리케이션도 요즘 들어서는 시시해지고 있다. 무엇이든 나는 6개월 이상을 좋아해 본 적이 없다. 6개월 정도가 지나면 다른 좋아할 만한 것들이 나타나곤 한다. 그래서 나는 6개월을 주기로 좋아하는 것을 바꾼다. 영화배우도, 아이돌 그룹도, 컴퓨터 게임도, 신발도, 가방도 모두 모두. 그런데 내가 6개월이 지나도, 아니 6년이 지나고 60년이 지나도 바꾸지 못하는 유일한 것이 있다. 그것은, 바로 가족이라는 것이다.

나는 억울하고 분하게도 원치 않는 가족을 가지고 태어났다.

그것은 아무리 깨끗하게 치료돼도 없으면 더 좋을 상처의 흉 같은 것이다. 그들에게는 정원이 있고 아침마다 노래하는 새가 있다. 그리고 은빛 자가용과, 골프장 회원권과 거실에 걸려 있는 엄청나게 큰 가족사진이 있다. 어머니는 가끔 새를 새장에서 풀어 주는데, 그러면 비둘기들이 창가에 날아와서 마리앙코를 부른다. 마리앙코, 새의 이름, 그것은 어머니가 지어 준 이름이다. 어머니와 아버지는 이 모든 것이 자신들의 축복이라고 생각한다. 그래, 그렇게 생각하지 않을 수 없을 것이다.

앞에서도 얘기했지만 아버지는 인구 100만이 넘는 대도시의 시장이다. 사람들은 우리 집을 '집'이라고 부르지 않고 '공관'이라고 부른다. 나는 우리 집이 공관이라는 것이 너무나 싫다. 나는 공관이, 사적인 의미보다는 공적인 의미를 보다 더 내포하고 있는 말이라고 배웠다. 나는 공관에서 박제된 동물처럼 규격화된 행동을 요구받는다. 나는 그것이 분하다. 정말 할 수만 있다면, 나는 이 거대한 공관 거실 한복판에서 수미나 영어선생님과 보란 듯이 섹스를 하고 싶다. 가족들이, 그리고 학교 선생님과 친구 들이 정원에 대기하고 있다가 내가 수미 혹은 영어선생님과 섹스를 치르고 현관문을 열고 정원으로 나설 때 환호성과 함께 박수를 쳐 주는 장면을 곧잘 상상하곤 한다. 교장선생님이 내 어깨를 두드리고 이마에 난 땀을 닦아 주며 "드디어 동정을 뗐구나. 그래 이제 너는 어른이야"라고 격려해 주신다면 더욱 좋을 것이다. 성적 환상에 사로잡힌 나는 이렇게 중얼거린다.

'아, 정말 황홀한 일이야. 공관에서 내 첫 섹스를 한다는 건. 그래 난 시장의 아들이야, 내가 이 도시에서 못 할 건 아무것도 없어.'

아버지의 권력을 두려워하고 경멸하고 그의 그림자로부터 벗어나고 싶은 한편에는 이처럼 그의 힘과 권력을 이용하고 싶은 비겁한 욕망이 숨어 있다. 나는 아직 너무 어리고 가진 것이 아무것도 없기 때문이다. 아버지의 힘을 빌린다는 것이 자존심에 상처가 나는 일이긴 하지만 지금으로썬 어쩔 수가 없다. 아버지는 동석이 아버지처럼 어머니와 이혼하지도 않을 것이고 둘째 아들에게 아파트를 선물하지도 않을 것이다. 그는 시장으로서, 자신이 완벽하게 통제하는 가족을 가지고 있어야 한다. 그것은 그가 시장이 되는 데, 더 큰 야심을 실현하는 데 좋은 무기가 될 것이다. 사람들은 이해할 수 없게도 정치지도자들이 가정에서는 다정한 남편이고 자상한 아버지이기를 바라는 것 같다.

사실 나는 동정을 바칠 첫 대상으로 일찌감치 수미를 정해 두었다. 수미는 서로 알고 지낸 지가 오래되었고, 또 바보처럼 보일 정도로 착한 아이여서 내 말을 들어줄지도 모른다. 물론 수미는 현재 형의 여자친구다. 둘이 섹스를 했는지, 키스만 했는지는 잘 모르겠다. 수미가 형의 여자친구라는 사실이 마음에 걸리지 않는 것은 아니지만, 오히려 그것이 내 욕망을 좀 더 짜릿하게 자극하는 것도 사실이다. 나와는 달리, 누가 보아도 시장의 아들다운 형은 나보다 두 살이 많다. 수미는 나와 동갑이다. 형과 나는 수미를 어렸을 때 교회에서 만났다. 말하자면 형은 수미에게는 '교회오빠'인 셈이다. 정말 웃기는 일이다. 교회에서 오빠 동생 사이로 만난 사람들이 연인이 되다니. 연인이란 길거리에서, 야생에서 만나야 하는 것 아닌가. 예를 들면 혼자 여행을 떠나는 역이나 정류장 매표소 앞에서 문득 눈이 맞거나, 지하철역 구내에서 발을 밟히고 부딪치면서 인연이 시작되어야 하는 거 아니냔 말이다. 단언컨대, 교회에서 처음 만난 형과 수미는 아직까지 손 한번 잡아 보지 않았을 것이다. 형은 주로 수미의 공부를 도와주었고, 미술이나 음악에 관심이 많은 수미는 형에게 음악가나 미술가 들에 대한 이야기를 많이 해 주었다. 나는 형과 수미의 이런 연애가 우습기도 하고 못마땅하기도 하다. 저 무덤덤한 건조함이, 저 솔직하지 못한 예의가, 저 순수를 가장한 비겁함과 옹졸함이. 언젠가 형과 공중목욕탕에 가서 본 적이 있다. 형의 성기를. 그 성기는 제법 우람했고 성기 주위를 거뭇거뭇한 털이 뒤덮고 있었다. 그런 성기를 가진 형이 수미처럼 귀엽고 어리석고 섹시하고 바보 같고 순결하고 탐스러운 여자친구에게 성적 욕망을 느끼지 않을 수 있다니. 나로선 도무지 이해할 수 없는 일이다.

선거가 나흘 앞으로 다가왔다. 더는 지체할 수 없다. 나는 수미에게 문자를 보낸다. 마침 방학이어서 수미는 집에 있을 것이다. 그리고 형은 아버지의 선거유세 현장에 나가 있다. 형은 아버지를 보기 위해 모인 청중에게 유인물 같은 것을 나눠 주고 SNS를 관리하는 등의 자원봉사를 하고 있다. 아버지는 간혹 유세차량 위에 형을 올라오게 한 다음 청중에게 형을 소개하기도 한다. 그만큼 형은 아버지의 자랑이다. 키 180에 조각 같은 외모의 형을 보고 우리 시의 아주머니들은 이런 말들을 한다.

"아, 정말 아드님이 저렇게 의젓하고 반듯한 걸 보면, 우리 시장님은 가정교육도 잘 시키는 모양이야."

나는 할 수만 있다면 그들에게, 아버지에겐 그러니까 당신들의 시장에겐 나처럼 병신 같은, 괴물 같은 아들도 있다는 걸 알려 주고 싶다.

"수미야 뭐 해? 너한테 할 얘기가 있어, 며칠 내로 좀 보자."

"이현 오빠는 뭐 해?"

수미의 답문자는 내 말은 무시하고 형의 안부부터 묻는다.

"형은 선거운동하러 나갔어. 자원봉사."

"근데 왜 날 보자는 거야. 나한테 뭐 물어볼 거 있어?"

"아니, 그냥. 좀 보자고. 너 팥빙수 좋아하잖아. 사 줄게. 같이 먹자."

"싱겁긴."

그러면서도 수미는 시간과 장소를 묻는다.

마침내 시장선거가 있는 날이다. 그리고 오늘은 수미를 만나기로 한 날이다. 다시 말하자면 오늘은 아버지가 이 도시의 시장에 당선되는 날이고, 나는 동정을 떼는, 오랜 갈증을 푸는 날이다. 후자는 물론 나의 일방적인 생각이다. 시내 곳곳엔 플래카드가 나부낀다. 시장 후보들의 사진과 이름, 그리고 캐치프레이즈가 적힌 것들이다. 아버지의 얼굴과 그의 선거캠프에서 만든 캐치프레이즈가 적힌 플래카드가 횡단보도 건너편에서 바람에 살랑살랑 흔들리고 있다. 거기엔 이렇게 적혀 있다.

"가장 겸손하고 믿음직한 시민의 친구가 되겠습니다."

아버지의 저 캐치프레이즈가 아버지보다 훨씬 나이 많고 다소 권위적인 이미지를 가지고 있는 상대 후보와의 차별을 극대화하기 위한 것이란 것쯤은 나도 안다. 어쨌거나 아버지는 오늘 밤 10시쯤이면 이 도시의 시장으로 확정될 것이다. 하지만 그가 믿음직스럽고 겸손한 시민의 친구가 될 것이라고 나는 생각하지 않는다. 아들의 갈증에 이토록 무지하고 무심한 사람이 어떻게 다른 사람의 친구가 될 수 있겠는가.

착한 수미는 약속장소에 먼저 와 있다. 빙수를 파는 카페 내부엔 방학을 맞은 내 또래 아이들만 북적일 뿐 어른들은 별로 없다. 아마도 어른들은 시간대별 투표율과 선거 결과에 정신이

팔려 있을 것이다. 대체 그까짓 게 뭐라고. 수미는 귀에 이어폰을 꽂은 채 음악을 듣고 있다가 나를 보고는 활짝 웃는다. 나는 일부러 그 웃음에 반응하지 않고 수미 앞에 앉는다. 다소 거만하고 시니컬하게 보여야 한다. 나는 오늘, 반드시 수미와 섹스를 해야 한다. 그래서 아버지처럼 승리자가 되어야 한다. 그래야지만 아버지가 시장이 된 것을 질투하지 않을 수 있다. 수미와 자려면, 마땅히, 수미에게 남자처럼 보여야 할 것이다. 또래 친구처럼, 열여섯 살처럼 보여서는 안 되는 것이다. 말 한마디도 스무 살 형들처럼 해야 하고, 손짓이나 표정도 어른처럼 해야 한다. 나는 오늘 반드시 내 갈증을 풀어야 한다. 수미와, 이 착한 여자애와 섹스를 할 것이다. 동석이에게 전화 한 통만 하면 그의 아파트를 쓸 수 있다. 수미를 잘 설득하기만 하면 되는 것이다.

유니폼이 그닥 어울리지 않는 비만 체형의 알바가 망고와 키위와 연유가 먹음직스럽게 섞인 빙수를 수미와 나 사이에 내려놓는다. 플라스틱 숟가락으로 한술 떠서 먹는 수미를 바라본다. 형의 여자친구이자 나의 그냥 친구. 수미의 입술에 연유가 살짝 묻는다. 가슴 한 자락이 흔들린다. 나도 빙수를 한술 떠서 입안에 넣는다. 달콤하다. 섹스도 이런 맛일까. 여자애의 다리 사이에 나 있는 그 얇고 가느다란 구멍에, 그 핑크빛의 협곡에 내 성기를 문지르고 집어넣는 기분은 어떤 맛일까. 망고처럼 달콤할까 아니면 키위처럼 시큼할까. 알 수 없다. 야한 소설과 19금 영화와 포르노만화와 일본 야동을 수백 번 봐도, 내가 직접 하기 전에는 알 수 없는 것이다. 그런 생각을 하고 있을 때 몽상을 깨듯 수미의 목소리가 들려온다.

"아버지가 당선되는 건 아무 문제 없겠지? 그럼 우리 도시는 더욱 발전할 거야."

나는 수미에게 작정한 듯 대답한다.

"수미야, 아버지가 시장에 당선되면 뭐하니. 나는 이렇게 목마른데, 나는 갈증 때문에 미치겠는데. 정부도 해결해 주지 못하고, 시도 해결해 주지 못하고, 학교도 해결해 주지 못하고, 가족도 해결해 주지 못하는 갈증 때문에 미치겠는데."

아무것도 모르는 수미는 빤히 내 얼굴을 바라본다.

"무슨 말이니. 갈증이라니."

수미가 그렇게 물었을 때, 나는 뭐라고 대답해야 할지 몰라 얼굴이 좀 붉어졌다.

"말해 봐, 무슨 갈증을 풀어야 하는데."

더 이상 피할 수도 망설일 수도 없다.

"수미야, 나 말야."

"응 말해, 왜."

"나 하고 싶어, 너랑."

"……."

"나 너랑 하고 싶다고 그걸."

"……."

"수미야, 나 너랑 섹스하고 싶다고. 내 동정을 너한테 주고 싶다고."

그렇게 마구 지껄이고 있는 내 머릿속은 벌써부터 실오라기 하나 걸치지 않은 수미와 동석이네 아파트에서 엉켜 있는 장면을 상상하느라 울긋불긋해진다. 형의 고통스러운 얼굴도 떠오른다. 수미는 상상 속에서 내 몸을 받으며 이렇게 말하고 있다.

'아 그랬구나, 네가 날 원하고 있었구나. 아, 그런 거였구나. 그럼 진작 말을 하지. 나도 반듯하고 메마른 형보다 어딘지 감수성이 있고 외로워 보이는 너한테 더 끌렸어. 나도 네가 궁금했어. 너와 손을 잡으면 어떤 기분일까. 키스를 하면, 그리고 네가 내 몸 안에 들어오면 어떤 기분일까. 상상을 많이 했어. 이제라도 이렇게 말해 줘 고마워.'

하지만 몽상이 깨지는 데에는 시간이 얼마 걸리지 않는다. 순간, 얼굴이 새빨개진 수미가 자리에서 벌떡 일어났고 그 바람에 빙수 그릇이 바닥에 떨어졌다. 녹은 팥물과 얼음이 줄을 그으며 추하게 바닥에 흘러내린다. 수미는 잔뜩 화가 난 얼굴이다.

"이곤, 지금 뭐라는 거야. 도대체 날 어떻게 보고 그런 말을 해. 이현 오빠한테 이를 거야!"

그러곤 뒤도 돌아보지 않고 카페를 뛰어나간다. 카페 안에서

도란도란 이야기를 나누고 있던 또래 아이들이, 그러니까 성적과 용돈과 연예인 얘기 따위를 하던 아이들이, 숨을 멎게 할 만큼 극심한 고통을 안겨 주는 갈증을 어설프게 풀려다가 실패한 열여섯 살 소년을 바라본다. 우습고 다시 외로워진 소년을.

선거가 끝나고 사흘이 지났다. 선거가 있던 날, 나는 형의 여자친구인 수미와 섹스를 하려고 했다. 수미를 독립생활의 정석을 보여 준 동석이의 아파트에 데리고 가려고 했다. 아버지가 시장에 당선되는 날, 나는 남자가 되려고 했던 것이다. 그런데, 아버지는 승리하고 나는 실패했다. 아버지는 보란 듯이 선거에서 승리를 거뒀다. 이제 그는 4년 동안 이 도시를 지배할 것이다. 하지만 내 갈증은 더 심해졌다. 어제 오후에 모 시사월간지 기자들이 아버지를 인터뷰하기 위해 우리 집에 왔을 때 카메라를 든 기자는 가족사진을 찍어도 되겠냐고 물었다. 그래서 아버지와 어머니, 그리고 형과 내가 포즈를 잡았다. 그런데 기자가 나를 손가락으로 가리키며 말했다.

"작은아드님 표정이 너무 어두운데요. 좀 활짝 웃어 봐요."

하지만 내 표정은 기자의 바람처럼 나아지지 않았다. 나아질 이유가 없었을 것이다. 나는 여전히 열여섯의 영혼에 갇힌 육체의 불쌍한 주인이고, 섹스도 못 했고, 남자도 되지 못했으니까. 그런 딱한 처지에서 이렇게 시장이 된 남자의 들러리만 서고 있는 것이다.

사진 기자가 다시 한 번 내게 표정을 좀 밝게 하라고 요구했을 때, 나는 볼멘소리로 이렇게 말했다.

"저는 갈증 때문에 지금 밝은 표정을 지을 수가 없어요."

오랜 갈증일수록, 그것을 풀기 위해서는 좀 침착할 필요가 있다는 걸, 나는 그날 수미가 내게 안긴 모독을 통해 배웠다. 수미는 그날 이후 내 연락을 받지 않는다. 다행히 형에게 그날 있었던 일을 말하지는 않은 것 같다. 그래, 수미는 착한 애다. 수미는 교회오빠 따위에게 돌려주자. 내겐 아직 영어선생님이 남아 있다. 이순신에게 배 열두 척이 남아 있는 것처럼 내게는 영어선생님이 남아 있다. 수업시간에 쓸쓸하게 창문 너머를 바라보는 여자. 오아시스와 라디오헤드의 음울한 멜로디를 알려 준 여자. 나는 영어선생님을 만지고 싶다. 나는 영어선생님한테 이메일을 쓸 것이다. 나를 어떻게 하면 어필할 수 있을까. 어쩌면 이렇게 말하는 것이 가장 효과적일 수도 있겠다.

"선생님, 나는 이 도시를 지배하는 시장의 아들 이곤이에요. 당신을 만지고 싶어요. 나는 시장의 아들이라고요."

사람들은, 그러니까 그토록 고혹적인 쓸쓸한 표정을 가지고 있는 영어선생님조차도, 세속적인 배경이나 지위에 가장 치명적인 유혹을 당하는 것인지도 모른다. 열여섯 살은 섹스하는 법을

배우기 전에 섹스가 어떻게 소비되는지를 먼저 배워야만 하는
나이인지도 모른다. 참 멀고 높고 뜨겁고 더러운 것이구나 섹스
라는 갈증은.

"감추지 말고
당당하게"

10대의 긴 터널을 지나고 있는 여러분 반갑습니
다. 여러분이 읽을 소설을 구상하면서 나는 이런 생
각을 했어요. 10대였던 나 자신이 읽으면 좋을 소설을 쓰자, 10대였던
나 자신에게 위안이 될 만한 소설을 쓰자고 말이죠. 그러면 자연스럽게
지금 10대를 지나고 있는 여러분들에게 조금은 도움이 될 수 있는 소
설을 쓸 수 있겠다고 생각했죠. 내 전략이 맞았는지 틀렸는지는 소설
을 읽은 여러분만이 알 수 있겠죠.

성은 10대를 무척 괴롭히는 주제입니다. 소설 속에서 주인공 '이곤'
이 말한 것처럼 우리 사회는 10대의 성을 존중해 주지 않기 때문이에
요. 성에 대한 관심은 육신과 영혼이 성장하는 과정에서 자연스럽게
발생하는 거예요. 누구도 그것을 부인할 수는 없죠. 그런데, 그것이
다소 사적이고 은밀한 성격을 가지고 있다는 이유로 아무도 적극적으
로 10대의 성에 대해서 이야기해 보려고 하지 않지요. 그냥 각자가 알
아서 넘어가라는 식이죠.

나는 이 글을 읽는 여러분들부터 성에 대해서 당당하고 떳떳하게 이

야기하는 시도들을 해 보라고 말하고 싶어요. 친구들끼리, 혹은 선배에게, 혹은 부모님이나 선생님께 성에 대한 의문과 고민 등을 언제라도 털어놓으라는 얘기지요. 성에 대한 이야기를 비속어로 혹은 욕설로 천박하게 무시하지 마세요. 그건 자신의 육신과 영혼의 고민을 스스로 싸구려로 만드는 것이에요. 그런 비속어가 아닌, 광장에서 사방이 트인 공간에서 성이 건강하게 이야기될 때 여러분의 고민도 정당한 대우를 받게 돼요. 성을 둘러싼 흉흉한 소문이나 부정적인 이미지도 자연스럽게 사라지겠죠.

여러분은 새로운 인류예요. 선배들이, 부모들이 하지 못했던 걸 할 자격이 있어요. 오늘부터 당장, 성에 대해 궁금한 것이 있으면 감추지 말고 표현하세요. 성에 대한 고민은, "김치볶음밥을 먹고 싶은데 부모님은 여행을 갔고 나는 만들 줄 몰라. 어떻게 하지?" 같은 것과 똑같은 조건에서 똑같은 방식으로 이야기되어야 해요. 감추지 말고 당당하게 얘기하라는 뜻이에요.

팬티

김유철

『부산일보』 신춘문예와 『문학동네』 작가상을 수상했다. 장편소설 『사라다 햄버튼의 겨울』과 『레드』를 출간했으며, 중편소설 「암살」, 「탐닉」, 단편소설 「미츠코에 관한 추억」, 「연인」 등을 발표했다.

나는 대꾸하는 대신 그날 저녁처럼 100미터 전력질주를 해서 집으로 돌아갔다. 가슴에 품고 있던 영희 씨……, 아니 재야 형 선배의 팬티는 옷 분리수거함에 몰래 넣은 뒤였다.

"정말 봤다니까."

"분홍색?"

"응."

"경준이는 안 입었다고 그러던데."

"그 녀석 말은 뻥이 반이잖아……."

우리의 가슴속엔 오로지 한 여자가 있었다. 이름은 김영희. 스물세 살의 교대 4학년. 교생 실습을 위해 담임과 함께 처음 교실로 들어왔을 때『슬램덩크』를 읽고 있던 나는 그만 책을 바닥에 떨어뜨렸다. 잠을 자고 있던 해규는 갑자기 잠꼬대를 시작했고 경준이는 마른침을 삼켰다.

"오오!"

아이들 입에서 저절로 탄성이 터져 나왔다. 쉰내 나던 교실은 갑자기 활기를 되찾았다. 향긋한 샴푸 냄새와 함께 과일 향이 은은히 풍겼으며 아이들 얼굴에도 방긋하고 꽃이 피었다. 나는 영희 씨의 긴 머리카락과 검은색 뿔테안경을 쓴 커다란 눈, 그리고 창백해 보일 만큼 새하얀 얼굴에 심장이 쿵쿵거렸다.

"봐라, 봐라, 이봐라."

그때 '탁, 탁' 교탁을 치며 백곰이 아름다운 분위기에 찬물을 끼얹었다. 백곰은 우리 반 담임으로 체육선생인 흑곰과 함께 양대 산맥을 이룰 만큼 학교 내에서 가장 무서운 존재였다. 언제나 커다란 몽둥이를 분신처럼 가지고 다니면서 틈만 나면 불쌍한 우리 엉덩이를 제물로 원했기 때문이다. 거기다 체육선생도 아니면서 흑곰처럼 매일 추리닝만 입고 다녔…… 어, 그런데 오늘은 말끔한 정장 차림이다!

"이 쉐이들, 눈 돌아가는 거 봐라……. 어이, 반장! 뭐 하냐. 인사 안 하고."

자리에서 벌떡 일어선 반장이 '차렷! 선생님께 대하여 경례!' 하고 평소보다 또렷한 발음으로 구령을 붙였다. 아이들 모두 큰소리로 '반갑습다!' 하고 인사말을 건넸다. 평소와 달리 쩌렁쩌렁 울리는 목소리에 백곰은 귓구멍을 후비며 인상을 썼다.

"어린 녀석들이…… 보는 눈은 있어 가지고…… 예쁘냐?"

"네!"

아이들은 신이 나서 대답했다. 백곰은 교탁을 다시 치면서 말했다.

"귀청 떨어지겠다……. 자, 어제 말했듯이 오늘부터 교생선생님이 우리와 함께하기로 했다."

분필을 집어 들던 백곰이 멈칫거리며 뒤돌아서서 물었다.

"그런데 오늘 주번 누구야?"

"규혁이랑 해규입니다!"

반장이 대답했다.

"오늘 흑판 닦았어? 안 닦았어?"

영희 씨를 소개하려던 백곰이 미간을 찡그리며 나를 노려보았다. 레드카드가 반짝이는 신호였다. 몽둥이질을 받기 전에 나는 빛의 속도로 일어나 흑판을 닦고 지우개를 털기 위해 잽싸게 교실 창문을 열었다. 그 순간! 바다에서 불어오는 강한 바람이 예고도 없이 교실 안으로 밀려들어 왔다. 동시에 영희 씨의 새하얀 원피스 치맛자락도 펄럭이며 나비처럼 하늘 위로 솟아올랐다.

"창문 닫아!"

백곰이 고함을 질렀고 나는 흠칫거리며 다시 창문을 닫았다. 영희 씨는 새빨개진 얼굴로 치맛자락을 양손으로 잡고 있었다. 1, 2초 동안 교실은 침묵이 흘렀고 곧 백곰의 커다란 몽둥이가 내 머리 위로 날아왔다.

교무실 복도 앞에서 엎드려뻗쳐를 하고 있는 내 옆으로 다가온 해규가 단팥빵을 먹으며 이야기했다.

"그런데 그때 백곰도 보고 있었어."

"뭘?"

"영희 씨 팬티."

"정말?"

"응. 거기다 입가에 미소까지 지었단 말야."

서른세 살의 모태솔로 백곰이라면 그러고도 남을 인간이지. 교육대학 10년 후배라고 음흉한 웃음을 짓던 백곰이었으니까. 어쨌든 이로써 반에서 영희 씨 팬티를 못 본 건 나뿐이었다. 그런데 억울하게 나만 홀로 벌을 받고 있다니!

"모든 게 규혁이 너의 희생 덕분이야."

"뭔 소리야……."

"우리 모두를 구원해 줬잖아. 반장이 그러더라. 자신의 인생은 오늘 이전과 이후로 나뉜다고. 예수님 탄생 이전과 이후로 세상이 나뉘듯이."

"그게 BC와 AD라는 거지? 뚱땡이 해규."

언제 왔는지 백곰이 해규의 이마를 툭툭 치면서 말했다. 해규는 시선을 바닥으로 늘어뜨린 채 입을 굳게 다물어 버렸다.

"배규혁. 왜 그랬어?"

쪼그리고 앉은 백곰이 평소와 달리 부드러운 목소리로 물었다. 하지만 오히려 그 목소리에 소름이 돋았다. 아버지 말씀으로는 이유도 없이 평소와 다르게 친절해지는 사람은 분명히 큰일을 벌이는 경우가 많다고 했다.

"흑판 지우개를 털려고요."

백곰은 한동안 침묵을 지켰다. 해규는 슬금슬금 옆으로 게걸음을 하더니 어느새 사라지고 없었다. 교무실 복도엔 백곰과 나만 남아 있었고 그의 입에선 언제나 그렇듯 담배 냄새가 났다.

"반 아이들 모두와 공모한 거야?"

"무슨 말씀이세요? 샘."

"그러니까 내 말은 단독범행이 아니라는 거다. 맞지? 미리 그러기로 약속한 거지?"

"누구랑요?"

"누군 누구야? 2학년 3반이지."

"샘. 정말 그런 건 아니고요. 흑판 지우개 털려고 창문을 열었을 뿐이에요."

"부모님 이름 걸고 맹세할 수 있어?"

"네."

"좋다. 그렇다면 이번 한 번은 믿어 주지. 일어나라."

어라?

묵직한 몽둥이로 내 엉덩이를 후려칠 줄 알았는데 백곰은 순순히, 그것도 아주 부드러운 뉘앙스로 말했다. 나는 몸을 일으켜 똑바른 자세로 섰다. 그러고 보니 백곰은 자신의 분신과도 같은 몽둥이를 지니고 있지 않았다. 거기다 까칠하던 수염도 없어지고 깨끗한 와이셔츠에 넥타이까지 매고 있었다. 슬리퍼 대신 구두를 신어서인지 키도 평소보다 10센티미터는 더 커 보였다.

"너 때문에 교생선생님이 많이 놀라셨다. 실습 첫날부터 그런 수모를 당했으니 마음이 어떻겠어?"

"본의 아니게 폐를 끼쳐 죄송하게 생각하고 있습다."

"당연히 그래야지. 교생선생님은 내가 잘 달래 줄 테니……."

거기서 백곰은 분명히 웃음을 참고 있었다.

"내일까지 반성문 써서 제출해."

"넵."

"그만 가 봐."

그런데 교무실 복도를 지나가다 여자화장실에서 나오던 영희 씨와 마주쳤다. 그녀는 동그란 눈으로 나를 바라보더니 살짝 미소를 지어 주었다. 가슴이 다시 쿵쿵거리고 얼굴이 붉게 물들기 시작했다. 몸이 얼음처럼 굳어서 아무것도 할 수 없었다. 등 뒤에서 '뭐 해. 사과드리지 않고!'라는 백곰의 목소리를 들은 뒤에야 나는 다시 정신을 차릴 수 있었다. 허리를 숙여 죄송하다고 큰소리로 말했다.

"고의로 그런 게 아니잖아. 이름이……."

"배규혁입니다. 법 규䂓자에 클 혁奕."

"반가워. 난……."

"김영희 선생님. 백곰…… 아니, 봉달 선생님 교대 후배시고 국어 전공하시고…… 대연동에 사신다는……."

"그래……."

벌 받느라 영희 씨가 교단 위에서 자기 소개하는 걸 보지 못했다. 하지만 조금 전, 해규가 주절주절 영희 씨에 대해 알려 준 덕분에 모든 걸 알 수 있었다. 그런 사실을 모르는 영희 씨는 놀란 표정으로 나를 바라보더니 이내 손을 내밀어 악수를 청했다.

"앞으로 잘 지내자."

"넵. 영희…… 아니 샘."

그녀의 손은 정말 부드러웠다. 따뜻하고 향긋한 냄새가 내 손에 배어든 것 같았다. 황홀한 표정으로 3반 교실로 돌아왔을 때 아이들 모두 내게 엄지손가락을 세워 보였다.

"자—알했어!"

"넌 2학년 3반의 순교자야!"

하지만 그뿐이었다. 나는 결코 녀석들의 대화에 낄 수 없었다. 왜냐하면 모두들 영희 씨 팬티의 색깔과 모양, 스누피 그림이 있었는지 없었는지, 조그마한 방울이 달렸는지 안 달렸는지를 두고 서로 자기가 본 게 맞다고 열변을 토했기 때문이다. 어떤 녀석은 티팬티였다고 했고 경준이는 끝까지 노팬티였다는 주장을 하다 축구부 녀석들에게 몰매를 맞을 뻔했다. 교탁 바로 앞에 앉은 덕분에 가장 가까이에서 영희 씨 팬티를 볼 수 있었던 맹구는 그 와중에도 침묵을 지켜서 아이들의 호기심을 불러일으켰다. 우리 반 짱인 영필이가 다가가 '왜 맹구 넌 영희 씨 팬티에 대해 말하지 않는 거냐?'라고 윽박질렀지만 소용없었다. 평소에도 말이 없고 소심한 녀석은 얼굴만 붉힐 뿐 끝까지 한마디도 하지 않았다. 우리 반 왕따나 다름없던 맹구가 부러울 정도로 나는 소외감을 느꼈다. 2학년 3반에서 유일하게 아름다운 영희 씨 팬티를 보지 못한 내 자신이 한심하게 느껴질 정도였다.

그날 저녁 집으로 돌아온 뒤에도 나는 오른손을 씻지 않았다. 느낌 때문인지는 몰라도 계속해서 영희 씨 냄새가 나는 것 같았다. 저녁식사 시간엔 왼손으로 밥을 먹다가 아버지에게 잔소리를 들었다.

"왜 그래 갑자기! 지금 나한테 반항하는 거냐?"

아니라고 도리질 쳐도 소용없었다. 왜냐하면 중학교 2학년은 그런 거란다. 엉덩이에 뿔이 나도 전혀 이상할 게 없는 질풍노도의 시기라고. 방으로 들어가자마자 나는 책상 앞에 앉았다. 반성문을 쓰기 위해 연습장을 꺼내고 샤프와 지우개도 준비했다. 모든 걸 왼손으로 하려니 배로 힘이 들었다. 반성문도 마찬가지였다. 글자가 삐뚤삐뚤, 크기도 제각각이고 높낮이도 맞지 않았다. 하지만 그런 걸 신경 쓸 여유조차 없었다. 머릿속에는 온통 영희 씨 모습뿐이었으니까. 창문을 닫고 돌아섰을 때, 영희 씨는 마치 통풍구 위에 선 마릴린 먼로처럼 펄럭이는 치마를 양손으로 감싸고 있었다. 그러니까 내가 볼 수 있었던 건 조그맣고 하얀—이건 어디까지나 내 상상이긴 하지만—팬티 아래쪽 뻗은 다리뿐이었다.

영희 씨는 무슨 색깔과 모양의 팬티를 입고 있었을까? 아이들의 주장을 모두 조합해 보면 어쨌든 팬티는 매우 야하고, 작고, 앙증맞은 것이라야 했다.

우리 집은 어머니부터 사촌누나까지 여자가 넷이다. 그래서 빨래 양도 많고 옥상 빨랫줄에도 항상 세탁이 끝난 옷으로 가득했다. 단지 여자들의 팬티와 브래지어만 거실에 있는 건조대에서 말렸는데—왜 아버지와 내 팬티는 옥상에서 말리는 거지?—아무튼, 나는 쓱 흘겨만 봐도 누구의 팬티인지 금방 알 수 있었다. 하얀색에 항공모함처럼 크고 꽃무늬가 들어간 낡은 팬티는 어머니 거였고, 여상을 졸업하고 막 은행원이 된 사촌누나 팬티는 작고 레이스가 달려 있거나 가끔은 망사였다! 그리고 역도선수 장미란처럼 덩치가 크고 힘이 센 큰누나 팬티는 아버지 것과 비슷했고 이제 막 고등학생이 된 작은누나 팬티는 특징이 없는 평범한 축에 속했다. 그러니까 내가 상상할 수 있는 영희 씨 팬티와 가장 근사치로 비교할 수 있는 팬티는 사촌누나 팬티뿐이었다. 생각이 거기까지 미치자 나는 가만히 앉아 있을 수가 없었다. 자리에서 일어나 곧장 거실로 향했다. 아니나 다를까 오늘도 빨래 건조대에는 다양한 사이즈의 브래지어와 팬티가 주렁주렁 매달려 있었다. 그중에서 나는 작고 흰색에 레이스가 달린 앙증맞은 팬티를 슬쩍해 방으로 돌아왔다. 전등 대신 스탠드를 켜고 책상 위에 팬티를 조심스럽게 올려놓았다. 평소에는 천 조각에 불과했지만 이젠 아니었다. 그제야 반장의 말을 이해할 수 있었다. 자신의 인생은 오늘 이전과 이후로 나뉜다던…….

나는 눈을 감은 채 사촌누나 팬티를 입고 있는 영희 씨 모습을 떠올렸다. 새하얀 원피스 치마가 훨훨 하늘 위로 솟아오르고 하얀 다리 사이에 팬티가 보일락 말락……. 아! 어느새 아랫도리가 빳빳하게 일어났다. 나는 오른손을 팬티 안으로 집어넣었다. 내게 처음으로 자위행위를 가르쳐 준 협이 형은 작은누나와 동갑내기로, 내 어깨를 툭툭 치면서 '자주 해서는 안 된다'라는 조언도 아끼지 않았다.

"키가 안 큰대."

하지만 지금은 그런 사소한 충고에 귀를 기울일 상황이 아니었다. 나의 오른손은 이미 빠르게 앞뒤로 움직이기 시작했고 어느새 왼손엔 사촌누나의 팬티가 쥐여져 있었다. 그때 방문이 벌컥 열리면서 큰누나가 들어왔다.

"배규혁, 너 리모컨 어디다 뒀어!"

순식간의 일이라 나는 그 자세로 멍하니 고개만 돌렸다. 나와 눈을 마주친 큰누나의 얼굴이 금세 시뻘겋게 변했다.

"이런 변태 새끼가! 엄마! 아빠!"

큰누나는 곧장 안방으로 들어가 아버지와 어머니에게 지금 일어난 상황을 하나도 빼놓지 않고 고자질을 한 뒤 소리쳤다.

"글쎄, 엄마 팬티를 가지고 그랬다니까요! 아빠!"

그날 이후, 나는 집에서도 학교에서도 더 이상 착한 아들과 모범생이란 소리를 들을 수 없었다. 거실에 있던 빨래건조대는 안방으로 이동했고 누나들은 나를 마치 벌레 보듯 역겨워 했다. 내가 왼손에 쥐고 있었던 팬티가 어머니 거였다는 걸 안 뒤로는 죄책감에 얼굴을 들 수 없었다. 첫 월급을 탄 사촌누나가 어머니에게 선물한 팬티여서 취향이 비슷했던 것이다. 아버지는 뒤통수를 툭툭 치면서 '자식, 꼴에 사내라고⋯⋯' 하며 킥킥거렸고, 엄마 찌찌, 엄마 찌찌 하면서 어머니 가슴을 만지는 장난도 더 이상 할 수 없었다. 거기다 어머니는 복잡 미묘한 표정으로 내게 말했다.

"더는 널 아이처럼 대하지 않을 생각이다."

누나들 방에 들어가는 것도 금지되었고 심지어 내 방에 휴지를 가지고 들어갈 수도 없었다. 혹여 코라도 풀라치면 거실에 있는 휴지를 사용해야만 했다. 방문을 잠글 수도 없었고 수시로 아버지와 어머니, 누나들에게 소지품 검사를 받았다. 학교에서도 마찬가지여서 서른다섯 살의 노처녀 생물선생님은 양손으로 치맛자락을 잡은 채 '난 쉽게 당하지 않아!'라고 나를 노려보기 일쑤였고 백곰은 이유도 없이 실실거리며 내게 음흉한 미소를 지었다. 그보다 더 아쉬웠던 건 영희 씨가 더 이상 치마를 입고 오지 않는다는 거였다. 그다음 날부터 검은색 정장바지나 청바지만 입고 다녔다. 나뿐만 아니라 반 아이들의 얼굴에도 실망감이 그대로 드러났다. 백곰은 피식거리며 노골적으로 우리들에게 소리쳤다.

"왜? 아쉽냐?"

영희 씨가 유난히 내게 친한 척하는 것도 부담스럽기는 마찬가지였다. 반 아이들은 그 후로도 한동안 영희 씨 팬티에 대해 열띤 논쟁을 벌였지만 중간고사가 다가오면서 자연스레 그녀와 팬티에 대한 관심은 시들해졌다. 여전히 우리에겐 시험과 성적이 중요했으니까.

도서관에서 협이 형을 만난 건 팬티 사건이 일어나고 일주일이 지난 뒤였다. 그 사건 이후 나는 될 수 있으면 집에서 일찍 나와 늦게 들어가는 생활을 반복하고 있었다. 당연히 대부분의 시간을 학원 아니면 도서관에서 보냈는데 중간고사 시즌이 다가오면서 자리 잡기가 쉽지 않았다. 그날도 학교와 학원 수업을 마치자마자 남구도서관으로 향했다. 하지만 자리를 잡을 수 없었다. 할 수 없이 저녁 8시까지만 문을 여는 열람실에서 시간을 때우고 있었는데 협이 형이 다가와 알은체를 했다.

"어이, 배변태."

변태라니!

노려보는 내 뒤통수를 '탁' 치며 형은 밖으로 나가자는 눈짓을 했다. 형의 손에는 『이방인』이라는 소설책이 들려 있었다. 협이 형은 도서관 회원으로 일주일에 두 권씩 책을 빌려 간다고 했다.

"도서관 정문 앞에 분식집이 있는데 그 집 라면이 맛있어. 같이 가자. 내가 살게."

어차피 영어 단어와 숙어가 입에서만 맴돌던 터라 얼른 고개를 끄덕였다. 협이 형네는 내가 태어나기 전부터 우리 집 가까이 살았다. 아버지와 협이 형 아버지도 고등학교 동창이어서 오랜 시간을 이웃사촌으로 지내 온 것이다. 아들만 둘 둔 협이 형네 아버지는 누나들을 친딸처럼 좋아했다. 특히 작은누나에 대한 애정이 깊어서 언제나 이런 말을 달고 다녔다.

"실이 네가 우리 집 며느리로 오면 좋겠구나."

하지만 작은누나와 협이 형은 앙숙처럼 사이가 좋지 않았다. 이모를 닮아서 제법 예쁘다는 소릴 듣는 작은누나는 솔직히 내가 봐도 얼굴값을 하는 편이었다. 도도하고, 성격 더럽고, 이제는 하나뿐인 동생을 바퀴벌레 보듯 하고 있으니까. 거기다 협이 형은 동네에서 알아주는 말썽꾸러기였다.

"규혁이 너 사고 쳤다며?"

"무슨 사고요?"

"시치미 뗄 필요 없어. 이미 다 알고 있으니까. 크크크."

설마!

"거짓말하지 마세요."

나는 애써 태연한 척 말했다.

"거짓말 아냐. 너네 엄마가 우리 엄마한테 다 이야기했거든."

한바탕 소동이 일어난 뒤, 어머니는 고민 끝에 아들 둘을 키우고 있는 협이 형 어머니에게 상담 요청을 했다. 동네에서 소문난 말썽꾸러기 두 아들을 키우는 협이 형네 어머니는 누구보다 훌륭한 멘토 자격이 있었다. 막 사춘기로 접어든 외아들의 돌발적인 행동에 어떻게 대처해야 하느냐고 묻는 어머니에게 협이 형 어머니는 인터넷 고스톱을 치면서 대답했다.

"그냥 내버려 둬. 그 나이 땐 다 그런 짓을 하고 다니니까……. 솔직히 우리 아들들도 나한테 그거 하다 걸린 적이 한두 번이 아니다. 호호호!"

하지만 신나게 떠들던 협이 형의 어머니도 한 가지 이해하기 어려운 부분이 있었다.

"그런데 왜 하필 엄마 팬티였을까……? 우리 아들들은 주로 야동을 보면서 그 짓을 했는데 말야."

그때 어머니는 과거에 있었던 내 행동을 유심히 떠올렸다. '엄마 찌찌' 하면서 중학생이 된 뒤에도 가슴에 손을 가져가던 아들이라니. 그 순간 어머니는 아들의 행동을 방치한 자신을 책망하기 시작했다.

"규혁이가 엄마를 진짜 사랑하나 봐. 아님, 여자로서 사랑하나?"

"협이 엄마!"

"농담이야, 농담. 호호호."

두 사람의 대화를 우연히 듣게 된 협이 형은 곧장 작은누나에게 달려가 무슨 일이 있었냐고 묻다가 핀잔만 들었다. 거기서 포기할 형이 아니어서 다음엔 큰누나를 찾아갔다. 당연히 큰누나는 협이 형의 멱살을 잡으며 소리쳤다.

"너도 똑같은 변태 새끼잖아! 꺼져!"

사실 협이 형도 작년에 거실에서 잠자던 작은누나의 치마 안을 훔쳐보다 큰누나한테 걸려 혼난 적이 있었다.

"정말 이해가 되지 않아서 그래. 엄마 팬티에 흥분을 하다니……. 너네 엄마도 그것 때문에 고민하던데……. 혹시 엄마한테 성적으로 관심이 있는 거야? 너 엄마 가슴도 만진다며?"

오 마이 갓!

"그런 게 아니라니까요!"

너무 큰소리를 치는 바람에 식당에 앉아 있던 사람들의 시선이 모두 나에게 쏠렸다. 협이 형은 라면 국물을 마시다 말고 사람들을 향해 '아무것도 아니에요'라고 미소를 지어 주었다.

결국 협이 형에게 모든 걸 털어놓을 수밖에 없었다. 진지하게 이야기를 듣는 형의 얼굴에는 여전히 장난기가 가득했다.

"그러니까 사촌누나 팬티라고 생각했던 거구나."

"네."

"그리고 사촌누나 팬티라고 생각한 엄마 팬티를 보면서, 교생 샘 팬티를 떠올린 거고?"

"교생샘 팬티를 보지 못했기 때문에 사촌누나……, 아니 사촌누나 팬티라고 생각한 엄마 팬티를 입고 있는 교생샘을 상상했던 거죠."

"뭐가 그렇게 복잡해! 헷갈리잖아."

이번엔 협이 형이 짜증를 냈다.

"그런데, 왜 말하지 않은 거야? 그런 오해를 받으면서도."

"말할 기회가 없었어요."

"울 엄마한테 내가 잘 설명해 줄 수도 있는데……. 그럼 너네 엄마도 곧 이해하게 될 거야."

"정말요?"

"그래. 대신 라면 값은 네가 계산해라."

계산서를 앞으로 내밀면서 형은 킥킥거렸다. 이럴 줄 알았지. 협이 형 말을 믿고 여기까지 따라온 내가 바보다.

"아, 참……. 그리고 너네 학교 교생 실습 나온 샘들 중에 김영희 샘이라고 있지?"

자리에서 일어서다 말고 나는 동그란 눈으로 협이 형을 바라보았다.

"네……에."

"학교에서 마주치면 잘해 줘. 우리 형 여자친구니까."

"재야 형 여자친구요?"

"그래, 울 형하고 가까이 있고 싶어서 너희 학교로 실습 나간 거래."

순간, 실망하는 백곰의 얼굴이 떠올랐다.

작년에 대학을 졸업한 재야 형은 취직공부에 여념이 없었다. 1년 전부터 우리 동네에서 가장 한적한 태성산 아래에 원룸을 얻어 고시에 도전하고 있었다. 가끔 협이 형 대신 내가 반찬 심부름을 다녀오기도 했는데, 덕분에 원룸의 비밀번호를 알고 있었다. 문득 그 사실을 깨닫자 알 수 없는 흥분이 몸속을 파고들었다. 분명히 영희 씨는 남자친구인 재야 형의 원룸에 들락거릴 것이고, 그 나이 때 연인들은 그냥 손만 잡고 있는 게 아니니까 형의 공부방에서 뭔가, 내가 원하는 무언가를 발견할지도 몰랐다. 그럴 수만 있다면 나는 반 아이들보다 더 생생하게 영희 씨의 은밀한 부분을 엿볼 수 있을 것이고, 동시에 2학년 3반의 분란도 일시에 종결지을 수 있었다. 그 순간 '결자해지結著解之'라는 단어가 떠올랐다. 분란의 원인을 제공했던 내가 그 문제를 해결하는 게 당연하다는 생각이 들었던 때문이다.

집으로 가던 길을 멈추고 심호흡을 내뱉은 뒤 곧장 재야 형 원룸으로 뛰어갔다. 지금 시간이라면 재야 형은 저녁식사를 끝낸 뒤 바둑을 두거나 텔레비전을 보면서 머리를 식히고 있을 게 뻔했다. 나는 100미터 달리기를 할 때처럼 전력질주를 해서 형의 원룸에 도착했다. 숨을 헐떡이며 원룸 창문을 살펴보니 예상대로 불이 꺼져 있었다. 나는 도둑고양이처럼 뒷발을 든 채 살며시 계단을 올라 4층에 있는 형의 방 앞으로 걸어갔다. 도어록의 비밀번호를 누를 땐 틱틱틱 하고 버튼 소리가 복도에 울려 퍼져서 가슴이 조마조마했다. 문을 열고 안으로 들어서자마자 꿉꿉한 냄새가 코를 찔렀다.

"어휴…… 홀아비 냄새."

나는 숨을 참으며 창문 앞으로 걸어가 문을 활짝 열었다. 그리고 불을 켜고 난장판처럼 어질러진 방을 둘러봤다. 책이며 옷가지가 널브러져 있었고 한쪽엔 분리수거가 되지 않은 쓰레기들로, 싱크대 위에는 씻지 않은 그릇으로 가득했다. 영희 씨가 이런 방에서 재야 형과 데이트를 즐긴다는 사실이 믿기지 않았다. 혹이 형이 내게 거짓말하는 건 아닐까? 하지만 곧 책상 위에서 사진 한 장을 발견할 수 있었다. 재야 형과 영희 씨가 팔짱을 낀 채 활짝 웃고 있는 사진이었다. 사진 속 영희 씨는 지금보다 어리고 예뻐 보였다. 한편으로는 왜 영희 씨가 재야 형 같은 남자를 연인으로 둔 것일까라는 의구심이 생기기도 했다.

'사랑은 알 수가 없는 거구나.'

액자를 제자리에 올려놓은 뒤, 욕실을 살펴봤지만 내가 원하던 무언가를 찾을 수 없었다. 다만 세면대 위에 꽂혀 있는 빨간색과 파란색 칫솔이 눈에 띌 뿐이었다. 나도 나중에 재야 형 나이가 되었을 때 영희 씨처럼 예쁜 여자친구를 사귈 수 있으려나. 마지막으로 세탁기와 가스보일러가 있는 다목적실 문을 열었다. 그리고 그곳에서—드디어—내가 찾고 있던 그것을 발견할 수 있었다. 벽걸이 건조대에 걸린 형의 옷 사이에서 유난히 하얗고 앙증맞게 반짝이는 팬티 하나……. 의심할 여지없이 영희 씨 팬티가 분명했다! 나는 떨리는 가슴을 진정시키며 조심스럽게 팬티를 집어 책가방 속에 숨겨 넣고 원룸을 빠져나왔다. 긴장한 탓인지 식은땀이 이마와 등줄기를 적시고 있었다. 원룸에서 한참을 멀어진 뒤에야 나는 뜀뛰기를 멈추고 가쁜 숨을 내쉬었다.

방으로 돌아온 나는 제일 먼저 방문을 잠그고 실린더 위에 의자를 걸어 두었다. 방문 키를 가지고 있는 아버지의 불심검문 때문이었다. 그다음 이불 속에 들어가 조심스럽게 영희 씨의 팬티를 살펴봤다. 아이들 말과는 달리 영희 씨 팬티에는 방울이 달려 있지 않았다. 레이스도, 스누피 그림도 찾을 수 없었다. 티팬티나 망사 팬티는 더더욱 아니었다. 나는 다시 한 번 방문 쪽을 힐긋거린 뒤 팬티에 코를 가져갔다. 세제 냄새가 났다. 영희 씨 몸에서 나던 향긋한 과일향은 아니었지만 실망스럽지 않았다. 충분히 그날, 흰색 원피스 치맛자락 아래 가려졌던 마지막 부분을 떠올릴 수 있었으니까. 거기다 우리 반에서 유일하게 나만이 논쟁의 중심에 있는 영희 씨 팬티를 독점하고 있다. 이렇게 직접 만지고, 냄새 맡고, 천의 질감까지 느낄 수 있다니! 그동안의 소외감으로부터 벗어나 이런 기분을 좀 더 느긋하게 즐기기 위해선 혼자만의 비밀로 간직하는 게 좋을 것 같았다. 그것이 백곰과 2학년 3반 녀석들 모두에게 복수하는 방법이라고 생각했다.

그날 이후, 더 이상 영희 씨 팬티에 집착하지 않게 되었다. 열망하는 것을 얻게 되었을 때 그 열망은 꽃처럼 빠르게 시들어 간다는 걸 깨닫기도 했다. 더 이상 영희 씨의 눈인사를 부담스러워 하지 않게 되었고 끝까지 노팬티라고 주장하는 경준이의 어깨를 안쓰러운 마음으로 보듬어 줄 수 있었다. 하지만 영희 씨에 대한 풋풋한 감정은 시간이 갈수록 애틋해지고 있었다.

영희 씨가 첫 수업을 하고 난 후, 2학년 3반은 「사랑하는 별 하나」를 달달 외울 정도로 좋아하게 되었다. 특히 영희 씨가 시

어 하나하나를 정성스레 읽어 주었을 때 우리들의 가슴속에도
별 하나가 뭉클하고 들어왔다.

가슴에 사랑하는 별 하나를 갖고 싶다
외로울 때 부르면 다가오는
별 하나를 갖고 싶다

마음 어두운 밤 깊을수록
우러러 쳐다보면
반짝이는 그 맑은 눈빛으로 나를 씻어
길을 비추어 주는
그런 사람 하나 갖고 싶다*

그리고 곧 '나도 그런 사람을 갖고 싶다'라는 문장이 유행처
럼 번져 나갔다. 단, 한 사람. 백곰만이 그 문장을 들을 때마다
화를 냈지만.

2학년 3반 어느 누구도 더 이상 영희 씨 팬티에 대해 말하지
않았다. 오히려 영희 씨가 바지만 입고 올 수밖에 없게 만든 우
리들의 경솔한 행동과 말투에 죄책감을 느꼈고, 우리가 나누었
던 저질스러운 논쟁을 부끄러워하게 되었다. 영희 씨의 친절한
미소와 성실하게 준비한 수업을 들으며 큰 감동을 받았고, 그녀

가 읽어 주는 시와 소설에 귀와 마음이 정화되는 것 같았다. 교실 분위기도 확연히 달라져서 교탁 위에는 라벤더 같은 꽃이 활짝 피었고, 교실 뒤편 게시판도 깔끔하게 정돈되어 갔다. 자연스럽게 반 아이들의 외모나 옷차림에도 변화가 일어났다. 백곰만이 예전처럼 추리닝에 덥수룩한 머리를 하고 다니면서 '너희들 나보다 교생이 더 좋은 거지?'라고 투덜거릴 뿐이었다.

나 역시 시간이 지날수록 죄책감에 시달리게 되었다. 재야 형과 영희 씨 모두에게 너무 나쁜 짓을 한 것 같아 가슴이 아팠다. 이 일을 되돌릴 수만 있다면. 학교에서 영희 씨가 특별히 나를 귀여워한다는 걸 알게 되었을 땐 더더욱 그녀의 얼굴을 똑바로 쳐다볼 수 없었다. 양심이, 그나마 아직 손때가 묻지 않은 나의 양심이 그걸 허락하지 않았다. 그즈음 재야 형은 필기시험에 떨어져서 크게 낙담하고 있을 때였다. 영희 씨도 재야 형의 시험 결과에 얼마나 가슴이 아플까?

그런데도 나는 왜 이 모양 이 꼴로 살고 있는 거지.

영희 씨 팬티를 제자리에 돌려놓아야 한다는 걸 문득 깨달았다. 전날 화장실에서 몰래 손빨래를 하고 정성스레 말려서 간직한 영희 씨의 팬티를 고이 가슴에 품고 집을 나섰다. 일요일 오전의 거리는 활기로 넘쳤다. 꽃집 영순이 아줌마와 슈퍼마켓 점박이 아저씨와 빵집과 문방구 집 젊은 형과 누나 들과도 반갑게 인사를 주고받았다. 튀김집 앞에서 떡볶이를 먹고 있는 해규를 발견했을 땐 뒤에서 꼬옥 안아 주기까지 했다.

"징그러워. 그러지 마."

"해규, 넌 뭘 그렇게 끊임없이 먹고 있냐."

"그게 내가 살아가는 이유니까."

나는 녀석의 옆으로 바짝 다가가서 대꾸했다.

"살아가는 이유가 넘 소비적이야."

"소비는 순수한 거야."

"순수한 건 영희 씨 팬……, 아니 영희 씨의 미소지."

해규는 떡볶이를 입으로 가져가다 말고 나를 보며 '헤' 하고 웃었다.

"근데 규혁이 너 놀라지 마라. 재야 형 애인이 바로 영희 씨래."

"정말?"

나는 시치미를 떼며 놀란 표정을 지었다. 해규는 오뎅 국물을 마시고 다시 튀김 하나를 입으로 가져갔다.

"것 때문에 백곰은 좌절해서 매일 술만 마신다고 하고."

"저런 비극이!"

"음. 좀 멍청하긴 하지만 착한 담임인데 안되긴 했지……. 그런데 규혁이 넌 어디 가는 길이야?"

"재야 형 원룸에."

"왜?"

"재야 아줌마 심부름."

"나도 갈까?"

"왜?"

"혼자 가면 심심하잖아."

"그게 아니라 혹시 영희 씨를 만날 수 있을까 해서지?"

"뭘 그런 거까지…… 헤헤."

분식집 아줌마에게 값을 치르고 나오면서 해규가 다시 말을 이었다.

"그런데 재야 형 말야."

"응."

"시험 떨어진 게 팬티 때문이래."

"팬티?"

"응. 재야 형이 작년에 시험에 붙은 여자 선배 속옷을 선물 받았는데, 그걸 도둑맞았거든. 어떤 녀석인진 모르겠는데 팬티만 가지고 도망을 쳤대."

나는 해규의 말을 들으며 얼굴이 새빨개졌다.

"그 팬티를 입고 시험장에 들어가야 하는데 그러질 못 했다고 우리 형한테 투덜거렸대. 알잖아, 재야 형 멘탈 약한 거……."

말없이 고개를 끄덕이며 길게 한숨을 내쉬었다.

"미신이라곤 해도 너무하잖아. 혹시 같이 시험을 쳤던 동기나 후배가 그랬을까? 아니면 변태 같은 자식이……."

"그걸 내가 어떻게 알아?"

변태라는 말에 나는 버럭 소리를 질렀다. 해규는 '아이, 깜짝이야. 왜 그래?'라고 반문했고 나는 반대편으로 방향을 틀었다. 나란히 걸어가던 해규가 동그란 눈으로 소리쳤다.

"재야 형 원룸은 이쪽이잖아!"

"너 혼자 가라, 뚱땡이 해규. 마음이 바뀌었어."

"왜?"

나는 대꾸하는 대신 그날 저녁처럼 100미터 전력질주를 해서 집으로 돌아갔다. 가슴에 품고 있던 영희 씨……, 아니 재야 형 선배의 팬티는 옷 분리수거함에 몰래 넣은 뒤였다.

그나저나 영희 씨는, 무슨 팬티를 입고 있었던 걸까?

---

*이성선, 「사랑하는 별 하나」에서

진실을 말할 수 없는 용기

중학교에서 제일 인기 있는 선생님 이름이 영희 씨였어요. 김영희 선생님. 국어 담당이었는데 얼굴이 참 예뻤답니다. 그래서 모두들 그 선생님 눈에 들려고 노력을 많이 했어요. 저 역시 마찬가지였어요.

어느 날인가, 정말 교실 창문으로 돌풍이 불어와 영희 선생님의 치마가 날린 적이 있었죠. 우리 반 아이들은 저마다 신이 나서 떠들고, 고함을 지르고, 과장되게 말을 부풀리기 시작했어요. 사실 영희 선생님의 팬티를 본 아이는 아무도 없었답니다. 하지만 모두들 입을 맞춘 것처럼 거짓말을 하기 시작했어요. 야한 팬티를 입고 있었다거나 팬티를 입지 않았다거나.

그런데 그런 우리들의 장난이 선생님에겐 상처가 되었다는 걸 나중에 알게 되었어요. 많은 사람들이 나보고 '저 녀석 여자 팬티를 입고 다녀'라는 거짓말을 마치 진실인 것처럼 말하고 다닌다고 생각해 보세요? 한 사람이 아닌 많은 사람들이 그런 말을 하고 다니면 거짓말은 곧 진실이 되고 만답니다.

영희 선생님은 교장선생님에게 불려가 혼이 났어요. 선생님으로서 품위를 지키지 못했다고요. 하지만 선생님은 저희들에게 푸념을 하지도 짜증을 내지도 않았죠. 다만 이런 이야길 했어요.

"너희들의 사랑하는 마음이 컸다고 생각해. 선생님이 무슨 속옷을 입고 있는지 궁금할 정도로 말야. 그런데 그만큼 실망이 컸다는 걸 말하고 싶어. 모두들 한마음이 되어서 내게 상처를 줄 때 단 한 사람도 '그건 거짓말이잖아?'라고 진실을 말하지 않았으니까. 여러분들이 만약 커서 어른이 된다면, 그래서 사랑하는 사람이 생긴다면 이런 식으로 책임을 회피하지 말길 바랄게. 어떨 때 말은 폭력보다 더 많은 상처와 후유증을 남긴다는 걸 말야. 거짓 속에서 진실을 말하는 게 얼마나 어렵고 용기가 필요한 일인지도 깨닫길 바란다."

그리고 선생님은 웃으며 진실을 말해 줬어요.

"사실 난 거들을 입고 있었어. 아무도 그 말은 하지 않았으니 다행이다."

전 그때의 기억이 또렷하답니다. 처음으로 영희 선생님 팬티를 봤다고 거짓말한 친구가 누군지도요. 하지만 선생님은 끝까지 모른 척했어요. 그 친구가 처벌받길 원하지 않았거든요. 그때 전 알게 되었답니다. 우리가 영희 선생님을 사랑하는 것보다, 선생님이 우리를 사랑하는 마음이 컸다는 걸요. 사랑할수록 책임과 의무가 중요하다는 사실도 말이에요.

여수 여행

김해원

2000년 『한국일보』 신춘문예로 등단했다. 제11회 MBC창작동화대상,
제7회 사계절문학상을 수상했다. 그동안 펴낸 책으로 동화 『고래 벽화』,
『거미마을 까치여관』, 『오월의 달리기』, 청소년소설 『열일곱 살의 털』 등
이 있다.

나는 맞은편 벽에 걸린 시를 눈으로 읽었다. 엄마와 나는 오랫동안 삶을 씹었다. 아무리 씹어도 단맛은 나지 않는 쌉싸름한 삶을 나는 꿀꺽 삼켰다.

엄마는 어두컴컴한 거실에 몸을 웅크리고 앉아 있었다. 창문으로 새어 들어온 희미한 불빛에 비친 엄마는 동물원에서 본 커다란 곰 같았다. 봄 소풍 때 간 동물원에서 마주한 곰은 사람들에게 등을 돌린 채 몸을 둥글게 말고 앉아 있었다. 누군가 과자를 던져 여러 번 등을 맞춰도 곰은 꿈쩍하지 않았다. 동물원을 다 돌고 한 시간쯤 뒤에 곰 우리로 되돌아왔을 때도 곰은 그대로였다. 저거 박제된 거 아냐? 성일은 촘촘한 쇠창살에 얼굴을 가까이 대고 소리쳤다.

"야!"

곰의 두툼한 등이 움찔했지만, 그걸로 그만이었다. 곰이 앉은 자리에 물이 흥건했다. 앉은 채로 오줌을 눈 모양이었다. 곰 우리 곁을 지나가는 남녀가 대수롭지 않게 말했다.

"곰 새끼가 죽었대."

어미 곰은 울고 있었던 걸까? 지금 엄마처럼. 엄마의 둥근 어깨가 일정한 간격으로 오르내렸다. 엄마 새끼는 멀쩡했다. 내 새끼도 말짱하다고 했다.

"엄마!"

내 입에서 튀어나온 목소리는 어둠 속으로 빨려 들어가 엄마의 숨소리로 삼켜졌다. 엄마는 곰처럼 옴짝달싹하지 않았다. 나는 잠시 머뭇대다가 내 방으로 들어왔다. 전등 스위치를 올리자 형광등이 서너 번 껌벅거리다가 켜졌다. 방문에 등을 댄 채한참 서 있었다. 남의 방에 잘못 들어온 것처럼 모든 게 생경했다. 방 안은 어수선했다. 드라이기는 코드가 뽑힌 채 방바닥에널브러져 있었고, 책상 위에는 책가방을 챙길 때 꺼내 놓은 책들이 어지럽게 흐트러져 있었다. 옷장 서랍장은 반만 닫힌 채였고, 침대 위 이불은 일어나면서 걷어 젖힌 그대로 말려 있었다. 방에는 내가 아침에 남긴 흔적이 고스란히 남아 있는데도 남의 방에잘못 들어온 것 같았다. 책상 옆 벽에 붙여 놓은 브로마이드 속아이돌의 웃음도 낯설었다.

나는 교복 재킷을 벗어 옷장 문고리에 매달려 있는 옷걸이에가만히 걸었다. 치마를 벗으려는데 뱃살이 쓰라렸다. 지퍼를 반만 잠갔는데도, 하루 종일 꼭 죄어 살갗이 우둘투둘 벌겋게 불거져 있었다. 나는 볼록하게 나온 아랫배를 손바닥으로 쓰다듬었다. 아무것도 느껴지지 않았다. 어쩌면 이 모든 게 거짓말이아닐까? 사람의 몸에서 사람이 자라서 나온다는 건 수만 년 동안 인류가 공모한 새빨간 거짓말이라면. 사람을 잉태하는 건사람이 아니라 우주라서 전능하신 하나님이 저 보기 좋은 대로

빚어 떨어트린다든지, 커다란 새가 우주 끝 어디선가 물어온다
든지, 삼신할미가 점지하는 거라면. 부디 그런 거라면.

열 달이나 내 안에 들어 있던 게 빠져 나가는데도 아무 느낌
이 없었어. 고통 때문에 그 중요한 순간을 놓치고 말았어. 간호
사가 앙앙 울어 대는 너를 내 앞에 들이대는데, 막 캐어 낸 빨간
고구마 같은 거야. 네 외할아버지가 고구마 농사 지을 때는 자
식들을 밭두렁에 내몰아서 고구마를 캐게 했거든. 나는 그건 재
미나더라고. 고구만 순을 잡아당기면 올망졸망한 고구마들이
줄줄 따라 나오는 게 얼마나 신기한지. 네가 딱 고구마 같았어.
근데 너를 낳고도 한참 동안이나 배가 꺼지지 않잖아. 엄마는
얼굴이 새빨개지도록 힘껏 젖을 빠는 나를 들여다보면서 자꾸
그런 생각이 들었다고 했다. 내가 낳은 애가 맞나?

어젯밤 내가 임신했다는 말을 했을 때, 엄마는 물끄러미 나를
들여다보다 이렇게 중얼거렸다. 너 내 딸 맞아? 나는 그 말이 가
장 아팠다. 고구마가 아니라 당신의 배 속에서 당신이 내려 준
탯줄에 매달려 손가락을 빨고, 발차기를 하던 게 나였다고 다
시는 말할 수 없을 것 같아서 가슴이 쓰라렸다.

내가 눈물을 쏟아 내자 엄마는 숟가락을 내려놓고 식탁에서
일어났다. 엄마는 뒷베란다로 나가 세탁기에서 탈수한 빨래를
꺼내 앞베란다에 널고, 다시 뒷베란다로 나가 세탁기를 돌려놓
고, 부엌으로 들어오더니 개수대에 담가 놓은 압력밥솥을 철수

세미로 박박 문질러 댔다. 세탁기 돌아가는 소리에 쇠를 긁어 대는 소리가 뒤섞여 귀를 파고들었다. 엄마는 한참 동안 수세미질을 하다가 손놀림을 멈추고 갈라진 목소리를 내뱉었다.

"정말 네가 그런 거야?"

나는 그 말이 무슨 말인지 몰랐다. 나는 눈물 때문에 뿌예진 안경 너머로 엄마의 등을 넘겨다봤다. 어깨를 축 늘어뜨린 엄마의 등은 슬펐다. 브래지어 밑으로 툭 불거져 나온 살도 슬펐다. 엄마는 베란다 쪽으로 난 창문을 바라본 채 혼잣말하듯 웅얼거렸다.

"잘못해서 아니 나쁜 놈한테 그러니까 네 뜻이 아니고 강제로……."

엄마는 말을 제대로 잇지 못하고 거칠게 숨을 몰아쉬었다. 나는 그제야 엄마가 무슨 말을 하는지 알아챘다. 엄마가 슬로우 모션처럼 천천히 돌아섰다. 눈시울이 붉어져 있었다. 나는 고개를 내저었다. 모두 다 내 뜻이었다. 성일을 사귄 것도, 그 아이와 잔 것도 내가 원해서 한 일이었다. 내 뜻이 아닌 건 내 배 속에서 움트고 있는 생명뿐이었다. 생명이란 본래 그런 거라고 했다. 우주가 잉태한 지구가 돌덩이가 아니라 생명체를 품고 살아난 건 우연히 날아든 운석과 혜성의 충돌 때문일 거라고 생물선생은 침을 튀기며 말했다. 전지전능하신 누군가가 작정하고 만든 게 아니라 우연히 생명체의 씨앗을 품게 된 거라고 말이다.

내가 생명을 품은 것도 같은 이치다. 내가 작정한 일이 아니었다. 그래서 두렵다. 엄마는 한숨을 푹 내쉬고는 아무 말 없이 나를 건너다봤다. 나는 고개를 숙였다. 식탁 위에 어룽더룽 눈물이 떨어졌다. 한참 동안 정적이 흘렀다. 뒷베란다에서 열심히 돌아가던 세탁기가 멈추고 쏴아아 물 뽑아내는 소리가 폭포 소리처럼 크게 들렸다. 그 소리에 엄마 목소리가 끼어들었다.

나쁜 년.

엄마는 욕을 내뱉으면서 식탁에 철수세미를 내던졌다. 밥풀이 엉겨 있는 수세미가 거침없이 날아와 된장찌개 그릇에 빠지는 순간 나도 모르게 몸을 뒤로 뺐다. 어떤 욕이든 매질이든 감당하겠다고 마음먹었지만, 몸은 반사적으로 모든 위험을 피했다. 뭘 잘했다고. 엄마는 그런 나를 차갑게 노려보고는 성큼성큼 안방으로 들어가 소리 나게 문을 닫았다.

안방 문은 내내 굳게 닫혀 있었다. 나는 여러 번 안방 문 앞에서 바장였지만, 차마 문고리를 잡지 못했다. 나는 새벽까지 식탁 의자에 쪼그리고 앉아 안방 문틈으로 새어 나오는 불빛을 바라봤다. 가물가물 스러지다 가무끄름하게 살아나는 불빛만으로는 엄마의 고통을 알 수 없었다. 엄마는 1년 내내 안방 문을 열어 놓고 살았다. 누가 너 업어 가기라도 하면 어쩌, 엄마는 한겨울에도 문을 반쯤 열어 놓고 잤다. 나는 머리가 크고부터 내 숨소리조차 엄마가 기웃거리는 게 싫어서 방문을 단단히 닫았다.

엄마가 개킨 옷이나 과일 접시 따위를 들고 불쑥 내 방문을 열어
젖힐 때마다 나는 깜짝 놀랐다며 짜증 냈다. 머쓱해 하는 엄마
는 안중에 없었다. 내 방은 안방 코앞에 있었지만, 나는 엄마로
부터 멀리 떨어져 있었다. 얼마나 멀어졌는지 알지 못했다.

아침에 엄마는 아무 일도 없었다는 듯 싱크대에 바투 붙어 서
서 쌀을 씻고 있었다. 엄마는 목욕탕에서 머리를 감고 나오는
나를 힐끗 돌아보고는 고개를 휙 돌렸다. 나는 압력밥솥 추가
울리는 소리와 식탁에 그릇 놓이는 소리를 들으면서 안도했다.
지현아, 밥 먹어라. 엄마의 목소리가 들리면 나는 달려 나가 엄
마의 허리를 끌어안고 울 작정이었다. 그건 자책과 미안함과 감
사의 눈물일 거라고. 나는 헤어드라이기를 가장 작게 틀어 놓고
부엌에서 들리는 소리에 집중했다.

그렇지만, 엄마는 나를 부르지 않았다. 내가 교복을 입고 가
방을 메고 주춤주춤 방에서 나왔을 때, 엄마는 식탁 의자에 오
도카니 앉아 차려 놓은 밥상만 뚫어져라 보고 있었다. 내가 식
탁 앞을 지나치려 하자 엄마는 메마른 목소리로 말했다.

"어딜 가?"

"학교에 가지."

내 말에 엄마는 머리를 번쩍 들어 퀭한 눈으로 나를 노려봤다.

"그런 꼴로 학교에 간다고?"

나는 가방 끈을 두 손으로 꼭 잡고 고개를 끄덕였다.

"가야지. 학교에. 기말고사가 얼마 안 남았어."

"기말고사? 미쳤구나. 아주 돌아 버렸어. 정말 네가 엄마 망신시키려고 작정을 했구나. 당장 때려치워. 학교에서 알면 개망신당하고 내칠 텐데, 그 꼴 당하기 전에 그만두란 말이야. 나쁜 기집애. 내가 널 어떻게 키웠는데……. 네가 정말 나한테 이럴 수가 있냐?"

엄마는 목에 핏대를 올리면서 악다구니를 썼지만, 목소리를 높이지 못했다. 이른 아침에 졸린 눈을 비벼 대면서 우리 집 앞에 귀 기울이던 동네 사람들이 저 집 딸이 임신을 했어? 이렇게 수군댈 리 없는데, 엄마는 독한 말을 내뱉으면서도 큰 소리를 내지 못했다. 엄마는 온갖 악담을 써 놓은 무서운 책을 읽어 주는 것 같았다. 도저히 엄마가 지어낼 수 없는 무서운 말들. 네가 지금 당장 나가 죽는다고 해도 엄만 쳐다도 안 볼 거야. 그래, 그런 꼴로 사느니 우리 둘이 콱 죽어 버리자. 내가 지칫지칫 발걸음을 떼자 엄마는 의자에서 벌떡 일어나 내 가방을 붙잡고 매달리며 울었다. 나는 소리 죽여 쉰 목소리로 울음을 토해 내는 엄마를 뒤꽁무니에 달고 엉뚱하게 초등학생 때 학급발표회에서 연극하던 장면을 떠올렸다. 영어로 〈신데렐라〉를 했었다. 나는 계모의 둘째 딸이었고, 대사라고는 단 한 마디였다. 엄마와 하루 종일 연습했던 그 말.

"Get off me!"

비켜! 신경질을 내면서 말해야지. 엄마는 비질하는 신데렐라를 어떻게 밀쳐야 하는지 시범까지 보였었다. 나는 그때처럼 엄마가 부여잡고 있는 가방을 채뜨리면서 엄마를 떨쳐 냈다. 그럴 수밖에 없었다. 엄마의 긴 울음을 그치게 하는 방법은 내가 눈앞에서 사라지는 것밖에 없었다. 무기력하게 가방을 놓친 엄마는 마룻바닥에 철퍽 주저앉았다.

엄마는 아침부터 쭉 마루에 앉아 있었는지도 모른다. 나는 옷을 갈아입고 씻으러 나가려고 방 문고리를 잡았다가 도로 놔버렸다. 문을 닫았는데도 마루에 앉아 있는 엄마 몸에서 뿜어 나오는 고통과 슬픔이 방 안으로 스며들었다. 간혹 엄마의 울음소리가 들리는 것도 같았다. 이제 어떻게 해야 하는 걸까. 나는 침대에 누워 이불을 뒤집어썼다. 어떻게 해야 할지 몰랐다. 엄마 말대로 그냥 죽어 버려야 하는 걸까. 나는 배를 천천히 쓰다듬었다.

내 배에 들어 있는 건 아이가 아니라 공포였다. 내 자궁 안에 웅크리고 앉아 있는 공포는 점점 커져서 서서히 나를 삼키고 있었다. 고작 4개월밖에 안 된 것이 17년 6개월을 산 나를 집어삼키고 있었다.

"지현 학생, 부모님께 말씀 드리고 지혜롭게 문제를 해결하세요. 절대로 나쁜 생각을 가지면 안 돼요. 지금 당장은 힘들겠지만, 시간이 지나면 지금 겪은 일들을 추억처럼 편히 말할 날이 올 거예요."

전화 상담사는 '이것도 곧 지나가리라'는 명언을 여러 차례 반복했다. 그러니까 지나가기 전에 지금 어떻게 해야 하는지는 말하지 않았다. 엄마와 솔직하게 말하면 문제를 해결할 수 있을 거라고 했지만, 엄마가 할 수 있는 일은 없어 보였다. 내가 엄마를 붙잡고 "이것도 곧 지나갈 테니, 너무 노여워 마시라!" 위로해야 할 판이었다.

나는 이불을 뒤집어쓴 채 습관처럼 핸드폰을 켜서 페이스북을 돌아다녔다. 성일은 순대볶음집에서 친구 생일잔치를 했다는 글을 올렸다. 먹다 만 순대볶음 사진까지 있었다. 나쁜 자식. 성일은 아무것도 몰랐다. 그 일이 있은 뒤로 성일은 단둘이 놀러 갈 궁리만 했다.

"지현아, 우리 여름방학에는 1박 2일로 여행 가자. 부산 어떠냐? 해운대 해변이 최고라잖아. 너 이쁜 수영복도 사고, 집에는 친구들하고 간다고 하자."

성일은 내가 헤어지자고 했을 때 한다는 말이 고작 "그럼 부산은?"이었다. 부산은? 성일과 헤어진 뒤 혼자 부산에 갔었다. 일찍 들이닥친 태풍에 줄줄이 펴 놓았던 파라솔을 거둔 해운대 백사장은 밀려온 쓰레기로 뒤덮여 있었다. 커다란 개 두 마리가 찌그러진 깡통을 물고 경중경중 쓰레기 더미 위로 뛰어다녔다.

태풍의 영향으로 파도가 거칠게 일렁였다. 나는 종일 해변가에 있는 햄버거 집에 앉아 있다가 해 질 무렵 성일에게 전화를 했다.

"왜? 나 학원이야."

성일은 목소리를 죽여 대답했다. 나는 한참 머뭇대다 겨우 이렇게 말했다.

"네 교복 조끼 내가 갖고 있어."

내가 갖게 된 다른 것에 대해서는 차마 입이 떨어지지 않았다. 성일은 무뚝뚝하게 대답하고 전화를 끊었다. 나는 문자로 개학하기 전에 주겠다는 말을 덧붙였다. 성일은 문자에 대답하지 않았다. 나와 헤어진 뒤로 만나는 애들마다 붙잡고 지현이랑 다시 시작하고 싶다며 징징거렸다던 성일은 얼마 뒤 새 여자친구를 사귀었다. 나는 날마다 성일의 페이스북에 들어가 그들의 동태를 살폈다. 정말 막장 드라마 같았다. 막장 드라마에는 대개 남자 모르게 아이를 낳는 여자들이 등장했다. 그녀들의 순애보는 구질구질했다.

얼마 있다가 성일의 페이스북에 사진 한 장이 더 올랐다. 새여자친구와 얼굴을 붙이고 찍은 사진. 여자아이는 볼에 바람을 넣어 잔뜩 불리고, 손가락으로 제 볼을 살짝 찔렀다. 나는 핸드폰을 꺼 버렸다.

아침에 눈을 뜨자 엄마가 침대 머리맡에서 나를 내려다보고 있었다. 몸을 뒤척이다 엄마 얼굴을 보고 소스라치게 놀랐다. 어젯밤 마루에서 등을 보이고 웅크리고 앉아 있던 엄마는 말쑥한 얼굴이었다.

"일어나!"

엄마 목소리는 단호했다.

"응?"

"일어나라고."

엄마는 내 이불을 확 젖혔다. 엄마의 눈빛은 차가웠다. 나는 벌떡 일어나 앉았다.

"빨리 씻고 옷 입어."

"왜?"

엄마는 대꾸 없이 문을 소리 나게 닫고 나갔다. 핸드폰을 켜서 시계를 보니 6시, 학교에 가려면 아직 시간이 넉넉했다. 아무 일도 없었다면, 나는 더 자도 되는데 왜 깨웠냐고 신경질을 부렸을 것이다. 며칠 사이에 모든 게 바뀌었다. 내가 임신했다는 말을 꺼낸 순간 엄마와 내가 그동안 유지해 온 관계는 모두 깨져 버렸다. 밤늦게 마트에서 돌아와서도 피곤한 기색 없이 내 책상 위에 간식을 갖다 주고 아침이면 어김없이 국을 끓이고 생선을 조리고 나물을 무쳐 차려 내놓고 한 숟가락만 더 먹으라고 사정하던 엄마를 영영 잃게 될까 봐 두려웠다.

내가 씻느라 목욕탕과 방을 오가는 동안 엄마는 소파에 다리를 모으고 앉아 있었다. 선생님한테 불려 간 학생처럼 얌전하게 앉아 앞만 뚫어지게 쳐다봤다. 내가 교복 입고 가방을 멘 채 방에서 나오자 엄마는 메마른 목소리로 말했다.

"학교 가는 거 아냐. 다른 옷 입어."

내가 눈치를 보면서 머뭇대자 엄마는 더 낮게 목소리를 깔았다.

"빨리 갈아입어."

나는 더 말을 붙이지 못하고 방으로 들어와 청바지와 티셔츠를 꺼내 입었다. 청바지 허리가 잠기지 않아 긴 티셔츠를 입어야 했다. 옷을 갈아입고 나오자 엄마는 현관문 앞에 가방을 들고 서 있었다. 엄마는 나를 보자 말없이 현관문을 열고 나갔다. 아래층에는 택시가 와 있었다. 엄마는 택시에 올라 운전사에게 기차역으로 가자고 했다. 나는 엄마를 쳐다봤다. 어디에 가려는지 묻고 싶었지만, 물을 수 없었다. 택시는 동네 골목길을 빠져나와 차들이 북적이는 대로로 들어섰다. 나는 퍼뜩 외갓집을 떠올렸다. 엄마는 이혼한 뒤 방학 때마다 며칠씩 나를 외갓집으로 보냈다. 내가 없는 사나흘이 엄마의 유일한 자유시간이었다는 걸 고등학생이 되어서 알았다. 외갓집 동네 할머니들이 모여 화투를 칠 때마다 나를 힐끔거리면서 쟤 엄마 재혼해야지, 남자는 없냐고 수군대는 게 싫어서 안 가겠다고 버텼지만, 엄마는 기어이 나를 보냈다.

엄마는 기차역에서 표를 끊고 기차에 오를 때까지 나하고 눈도 마주치지 않았다. 우리가 탄 기차는 여수행이었다. 외갓집으로 가는 기차가 아니었다. 기차 안을 메운 사람들은 모두 여행을 가는 모양이었다. 알록달록한 등산복을 입은 아줌마들이 소란스럽게 떠들었다. 의자에 엉덩이를 붙이자마자 먹을 것을 꺼내 놓고 나눠 먹는 사람들도 있었다.

기차가 출발하자 엄마는 의자 등에 기대 눈을 감았다. 나는 엄마가 끌고 가는 곳이면 어디든 끌려갈 생각이었다. 엄마가 여수 앞바다에 몸을 던지라면 치마를 뒤집어쓰고 뛰어들 작정이었다. 배를 타고 멀리 가 버리라고 해도 아무 말 없이, 손수건을 흔들면서 떠날 생각이었다. 여수 밤바다를 낭만적으로 표현한 노래가 유행할 때 친구네 집에 간다고 하고는 여수에 다녀온 은정은 머리를 절레절레 흔들었다.

"거기 아무것도 없어. 아무리 걸어 다녀도 볼 게 하나도 없어. 한강 유람선 보는 것보다도 못해. 낭만은 개뿔. 그 자식은 바닷바람에 얼어 죽겠다고 얼마나 징징거리는지, 확 버리고 오고 싶더라."

은정은 여수에 다녀와서 버리고 오고 싶었던 남자친구와 헤어졌다. 엄마가 날 거기다 버리고 오면 나는 평생 아무것도 없는 바다를 바라보며 살 것이다. 그런데 배가 너무 고팠다. 아침에 엄마가 차려 놓는 밥상이 간절하게 그리웠다. 늦었다고 밥을 뜨는 둥 마는 둥 하면 밥숟가락을 들고 현관 앞까지 따라 나와 기어이 딸 입에 밥을 넣어 주면서 흡족해 하던 엄마는 낮게 코를 골면서 잠을 잤다.

핸드폰에는 애들한테 문자가 여러 개 와 있었다. 모두 하나같이 왜 학교에 오지 않느냐는 거였다. 은정은 어제 성일이 올린 사진 봤냐면서 새 여자친구 얼굴이 찐빵 같더라고 흉봤다. 친구들도 내가 임신한 걸 알지 못했다. 내 배 속에 자리 잡고 있는 생명은 비밀스런 공포였다. 호러 영화에 나오는 악마처럼 어둠 속에 숨어 모습을 드러내지 않으면서도 등장인물 모두를 까무러뜨리는 존재. 나는 살그머니 내 배를 손으로 감쌌다. 내 배 안에 들어 있는 존재가 정말 나와 같은 사람이 된다는 건가? 그 생명이 내 몸에 도는 피와 살을 함께 공유하고 있다는 건가? 내가 배가 고프다는 것을 이 존재도 알고 있는 걸까? 나는 옆자리 아주머니들이 펼쳐 놓은 김밥을 힐끔거렸다. 참 염치없게도 배가 많이 고팠다.

엄마가 잠에서 깨서 눈을 떴을 때, 기차는 익산역을 지나고 있었다. 엄마는 창밖을 두리번거리다가 기차역을 확인하고는 다시 의자에 머리를 기댔다.

"배 안 고파?"

엄마는 눈을 감은 채 작게 중얼거리듯 물었다.

"고파."

엄마는 나를 흘깃 쳐다보더니 마침 통로를 지나가던 손수레를 세워 우유하고 구운 달걀을 샀다. 나는 우유를 받아 쥐자마자 따서 마셨다. 엄마는 내가 우유를 마시는 걸 보더니 달걀 껍질을 벗겨 내밀었다.

"꼭꼭 씹어 먹어."

"엄마도 먹어."

엄마가 건넨 달걀을 입에 넣는데 눈물이 핑 돌면서 목이 메었다. 얼른 창 쪽으로 고개를 돌렸다. 기차는 들판을 가로지르고 있었다. 나는 슬그머니 눈물을 손등으로 훔치면서 달걀을 우적우적 씹어 먹었다. 그러고는 달걀 하나를 들어 껍질을 벗겨 엄마 손에 쥐어 줬다.

"엄마, 미안해."

엄마는 말없이 달걀을 베어 물었다. 엄마 눈도 벌겋게 충혈되어 있었다. 우리는 기차가 여수에 닿을 때까지 아무 말도 하지 않았다.

기차가 곧 종착역인 여수역에 도착한다는 안내 방송이 나오면서 차 안에 앉아 있던 사람들은 약속이라도 한 듯 일제히 일어나 짐을 챙기고 가방을 들고 앞다퉈 입구로 나섰다. 사람들은 차에서 내리자마자 서로 곁눈질을 하면서 황급히 개찰구를 빠져나갔다. 엄마와 나는 역 광장까지 사람들한테 떠밀려 나왔다. 아침 햇살이 쏟아지는 광장은 끝이 아스라이 보일 만큼 드넓었다. 광장 끝에는 엑스포 매표소가 있었다. 사람들은 모두

달리기 경주를 하듯 광장을 가로질러 뛰었다. 사람들이 향한 곳은 엑스포 매표소였다. 몸이 마음처럼 움직이지 않는 노인들은 초조한 얼굴로 두 팔을 앞뒤로 휘저으면서 뛰는 사람들을 쫓았다. 느긋하게 걷는 사람은 엄마와 나 둘뿐이었다. 우리 둘은 사람들이 다 빠져나간 빈 광장에 우두커니 서 있었다.

"아직 엑스포를 하나? 엑스포는 작년에 한 거 아니야?"

엄마는 혼잣말하면서 하늘에 떠 있는 애드벌룬을 바라봤다. 나는 엄마의 무심한 눈빛이 낯설지 않았다. 오래전에도 엄마는 그런 눈빛이었다. 내가 여덟 살 때 엄마는 어린이날 혼자 나를 데리고 동물원에 갔었다. 나는 김밥도 싸지 않고, 물도 챙기지 않고 작은 가방 하나만 챙겨 집을 나선 엄마를 묵묵히 따라갔다. 엄마는 내 손을 꼭 잡고 동물이 아니라 사람들로 꽉 차 있는 동물원을 헤집고 다니면서 계속 같은 말만 반복했다.

"엄마 손 놓치면 절대 안 돼. 엄마는 너 없으면 못 살아."

엄마는 그날 평소에는 질색하는 햄버거에 콜라를 사 주고, 커다란 공룡 모양 풍선을 사서 내 손에 꼭 쥐여 줬다. 동물원에서 나오면서 내가 아이스크림을 먹느라 풍선을 놓치자, 엄마는 풍선을 잡을 생각도 하지 않고 물끄러미 바라보다 중얼거렸다.

"괜찮아. 엄마가 있잖아. 지현이도 엄마 지켜 줄 거지?"

엄마의 뜬금없는 말에 나는 고개를 끄덕이면서 대답했을 것이다. 응, 내가 지켜 줄게. 나중에서야 그날 엄마가 마음이 떠서

다른 곳으로 날아가고 있던 아빠와 이혼하기로 마음먹었다는
걸 알았다. 그 여름날 아이스크림이 묻은 끈끈한 내 손을 꼭 붙
잡던 엄마의 축축한 손을 잊을 수 없다. 하지만 엄마를 지켜 주
겠다던 딸은 이제 없다.

엄마는 느릿느릿 사람들이 황급히 달려가는 엑스포 쪽으로
걸어갔다. 나는 말없이 엄마를 뒤따랐다. 작년에 엑스포가 치러
졌을 광활한 광장은 썰렁했다. 바다 쪽으로 우뚝 서 있는 거대
한 바퀴는 밤마다 워터스크린과 레이저쇼를 보여 준다지만, 낮
에는 바다 풍경을 가로막는 흉물일 뿐이었다. 기차에서 내리자
마자 박람회장으로 바삐 달려간 사람들은 죄다 아쿠아리움에
몰려 있었다.

엄마는 아쿠아리움 앞에서 나를 힐긋 돌아봤다.

"볼래?"

"뭘?"

엄마는 내 말에 고개를 휙 돌리고는 아쿠아리움 매표소로 가
서 표를 샀다. 아쿠아리움 표를 손에 든 아주머니들이 들뜬 표
정으로 작년에 왔던 사람들은 몇 시간씩 기다렸다는 말을 했
다. 엄마는 표 한 장을 내 앞에 내밀었다. 나는 얼떨결에 표를
받아 쥐었다.

엄마는 아쿠아리움에 있는 어류를 통째로 외우려는 듯 하나
하나 빼놓지 않고 열심히 들여다봤다. 나는 엄마의 뒷모습을 보

느라 아무것도 눈에 들어오지 않았다. 엄마는 왜 여기까지 온 걸까?

얼마 전 아이들 사이에서는 인근 고등학교 3학년 여학생이 임신을 해서 낳기로 결정했는데, 여학생 부모가 억지로 병원으로 끌고 가 수술을 시켰다는 소문이 파다했었다. 엄마는 행여 소문이 날까 봐 먼 곳에 있는 병원으로 나를 데려왔을지도 모른다는 생각이 얼핏 들었다. 그러면서도 엄마는 태연히 희귀종이라는 거북을 들여다보고 있는 건지도 몰랐다. 엄마는 한쪽 벽면을 차지한 큰 수조에서 헤엄치는 온갖 물고기들을 볼 때는 아예 자리를 잡고 앉아 한참 동안 넋을 놓고 바라봤다.

사람들이 고래 공연을 본다면서 4층으로 우르르 몰려가자 엄마는 부스스 일어나 그들 뒤를 따랐다. 하지만 우리는 4층이 아니라 3층 푸르스름한 수조 앞에서 걸음을 멈췄다. 우리 눈앞에 나타난 분홍빛 고래를 보고 엄마와 나는 동시에 탄성을 질렀다. 흰빛을 뿜어내는 거대한 벨루가는 신비로웠다. 벨루가 두 마리가 미끄러지듯 물속을 유영하는 모습은 영화 속 한 장면을 떼다 놓은 것 같았다. 눈앞에서 지느러미를 흔들며 물속을 헤엄치는데도 그들은 머나먼 태평양에 있는 것처럼 느껴졌다. 나는 그들을 보면서 터무니없이 배 속에 있을 생명을 떠올렸다. 벨루가가 순박한 까만 눈으로 유리 너머를 보는가 싶더니 날카로운 소리로 울었다. 그 울음소리를 들으면서 나는 코끝이 짠해졌다. 처음으로 나는 내 배 속에 있는 생명이 측은하게 느껴졌다. 내 안의 생명도 소리를 낼 수 있는 걸까?

엄마는 벨루가 쇼를 보지 않고 아쿠아리움에서 빠져 나왔다. 벨루가가 사람들 앞에서 높이 뛰어오르고, 꼬리지느러미를 흔들며 공을 몰고 다니는 모습을 보고 싶지 않았던 나는 주저 없이 엄마 뒤를 따랐다.

엄마는 박람회장 뒷문에서 택시를 잡아타고 다짜고짜 바다로 가자고 했다. 까만 선글라스를 낀 운전사는 룸미러로 뒤에 탄 승객을 쳐다보면서 느물댔다.

"아따 손님, 여수는 사방이 바단디, 어느 바다로 가 분대요? 쩌그 엑스포 앞도 바단디. 시상에 바다는 다 이름이 있잖아요. 태평양, 대서양, 광안리, 해운대, 경포대······."

엄마는 멈칫했지만, 이내 당황한 기색 없이 받아쳤다.

"기사님 재미있으시네. 여수 선착장으로 가 주세요. 태평양으로 가든, 대서양으로 가든 배를 타야 가니까."

"그라요. 선착장."

운전사는 여객선터미널 앞에 차를 세우고는 손가락으로 터미널을 가리켰다.

"쩌그 가면 태평양 가는 배가 있을랑가 모르겠네요. 잘 찾아가소."

엄마는 아무 말 없이 택시비를 치르고 먼저 내리면서 내게 거

스름돈 잘 챙기라고 눈짓을 했다. 여객선터미널은 한산했다. 터미널 앞 바다에 떠 있는 배들은 태평양은 절대로 건널 수 없는 작은 배들이었다. 엄마는 점퍼 주머니에 손을 집어넣고 터덜터덜 걸었다. 나는 엄마 뒤를 바짝 따라갔다. 터미널 앞은 죄다 생선 가게였다. 가게 앞을 지날 때마다 비린내가 진동했다. 나는 비린내에 비위가 상해 손으로 코를 막았다. 꽤 오래전부터 세상의 모든 냄새에 예민하게 반응했다. 가장 고역은 김치 냄새였다. 순간 드라마에서 임신한 여자들이 헛구역질을 하면서 화장실로 뛰어가는 장면이 떠올랐다. 잠시 잊고 있던 무거운 현실이 다시 내 발목을 잡아챘다. 나는 앞서 가는 엄마 뒤통수를 보면서 속으로 중얼거렸다. 엄마, 어떻게 하라고요?

엄마는 장 보러 나온 사람처럼 간혹 걸음을 멈추고, 가게 처마 끝에 매달려 있거나, 가판대에 가지런히 놓여 있는 마른 생선을 기웃거렸다. 아주머니들이 일렬로 늘어서 앉아 좌판을 펼치고 있는 시장 골목길에서는 이리저리 고개를 돌려가며 두릿거리다가 값을 묻기도 했다. 나는 비린내를 맡지 않으려고 숨을 골랐다. 엄마는 시장 골목을 다 돌아서 나와서는 나를 쳐다봤다. 나는 코를 막고 있던 손을 얼른 내렸다.

"밥 먹자."

엄마는 그 말을 하고는 몸을 휙 돌려 휘적휘적 걷다가 간판에 붉은 글씨로 '여수 돌게장 원조집'이라고 쓴 집으로 쑥 들어갔다. 점심때가 한참 지나서인지 가게 안은 한산했다. 가게 사방 벽에는 시를 적은 액자가 여러 개 걸려 있었다. 메뉴판 옆에 있는 시 제목은 '오동도엘 가서'였다. 오동도. 나는 낯선 이름을 속으로 되뇌었다. 주문을 받으러 온 아주머니가 뭘 먹겠냐고 물었다.

엄마는 메뉴판을 훑어보더니 돌게장 정식과 소주 한 병을 시켰다. 엄마는 주문한 음식이 나올 때까지 벽에 걸린 액자를 하나하나 보면서 제목을 작게 중얼거렸다. 오동도엘 가서, 동백은 피어 가슴 진탕 되고, 여순 동백, 여수 밤바다…… 저거는 노래 아냐? 엄마는 혼잣말을 했다. 반찬을 차려 놓던 아주머니가 액자를 보면서 심드렁하게 말했다.

"우리 사장님이 글씨를 아주 잘 써요. 이거 다 사장님이 썼어요."

아주머니는 눈으로 주방에서 바쁘게 움직이는 아주머니를 가리켰다. 엄마는 고개를 천천히 끄덕이면서 내 뒤편에 붙어 있는 액자에서 눈을 떼지 않았다. 엄마는 나와 눈 마주치는 걸 피하고 있었다. 엄마는 밀물처럼 다가오는가 싶으면 다시 썰물처럼 멀어졌다. 엄마의 가슴속에 얼마나 큰 너울이 일고 있는 걸까? 나는 테이블에 깔아 놓은 흰 비닐 끝을 손톱으로 뜯적거리며 엄마 눈치를 살폈다. 절대로 해피엔딩일 수 없는 이 여행의 끝을 빨리 보고 싶었다.

엄마는 냉면 그릇에 수북하게 담긴 돌게장이 나오자 얼른 게 다리 하나를 들어다 밥 위에 얹고 살을 발랐다. 엄마는 게 다리에서 나온 하얀 속살을 내 밥그릇 위에 얹었다. 나는 숟가락으로 뜨지 못하고 엄마를 빤히 쳐다봤다. 엄마는 나와 눈이 마주치자 소주병을 따서 술잔에 가득 따라 단숨에 들이켰다. 그러고는 노란 알이 꽉 찬 게 뚜껑을 내 앞에 내밀었다.

"먹어. 나는 너 가졌을 때 돌게장이 얼마나 당기던지. 엄마가 다니던 회사 근처에 전주집이라는 식당이 있었는데, 그 집에서 가끔 돌게장을 내놓았거든. 그런데 그게 너무 맛있는 거야. 그 집에 부탁해서 돌게장을 여러 번 사다 먹었어. 그거 먹고 입덧도 뚝 떨어졌어. 어서 비벼 먹어."

나는 엄마가 내 앞에 놓은 게 뚜껑에 밥을 한 숟가락 넣고 비벼 입에 떠 넣었다. 엄마는 내가 먹는 걸 보면서 다시 소주를 가득 따랐다.

"나이가 들면 뭐 하니. 이런 일이 닥치면 어떻게 할지 몰라 허둥대잖아."

엄마는 소주잔을 한참 들여다보다 한숨을 푹 내쉬면서 잔을 들이켜 한 번에 비웠다. 술을 잘 마시지 못하는 엄마는 소주 두 잔에 벌써 눈자위가 붉어졌다. 나는 게장에 비빈 밥을 연신 입에 퍼 넣었지만, 아무 맛도 느껴지지 않았다. 엄마는 다시 잔을 채웠다.

"엄마, 밥 먹으면서 마셔. 그러다 속 버려."

나는 우물쭈물 말하고는 민망해서 엄마 눈을 피했다. 정작 엄마를 고통스럽게 하는 게 그깟 술 몇 잔이 아니라는 걸, 엄마는 아무 말 없이 게장 다리 살을 젓가락으로 발라서 또 내 숟가락에 올려놓았다.

"우리 착한 딸. 엄마는 너 때문에 살았어. 네가 있어 얼마나 든든했는지 몰라. 근데 이 일이 있고 보니 정작 엄마는 너한테 의지가 못 되었구나 싶더라. 돈 번다고 딸 하나 있는 거 외롭게 한 게 아닌가 싶어서……. 후회되는 일이 많아. 엄마가 잘못해서 네가 그렇게 된 것만 같더라고. 다 내 잘못 같아서……."

엄마 코끝이 눈자위처럼 빨개졌다. 나는 엄마를 보면서 고개를 절레절레 흔들었다. 그럴 리가. 엄마는 혼자 나를 키우면서 최선을 다했다. 엄마는 테이블 위에 놓인 냅킨으로 코를 휑 풀고는 다시 게장 살을 발랐다.

"엄마 먹어."

"응."

엄마는 고개를 건성으로 끄덕이면서 게살을 또 내 숟가락 위에 얹었다.

"먹어. 우리 먹고 생각해 보자. 밥 먹고, 오동도에도 가 보고. 여수 밤바다도 보고. 그러고 나서 생각해 보자. 어서 먹어. 밥 한 그릇 더 시킬까?"

엄마는 그렁그렁한 눈으로 나를 쳐다봤다. 나는 가슴 밑바
닥에서 올라오는 울음을 참으면서 하얀 게살을 올린 밥숟가락
을 입에 집어넣었다.

　궁지에 몰린 마음을 밥처럼 씹어라.
　어차피 삶은 네가 소화해야 할 것이니까. *

나는 맞은편 벽에 걸린 시를 눈으로 읽었다. 엄마와 나는 오
랫동안 삶을 씹었다. 아무리 씹어도 단맛은 나지 않는 쌉싸름
한 삶을 나는 꿀꺽 삼켰다.

──────

*천양희의 시 「밥」에서

"어떻게든 살아가자"

글을 써 놓고 작가의 말을 붙일 때마다 참 곤욕스럽다. 내 말은, 보잘것없는 내 말은 글에 어떻게든 욱여넣었으니, 마치 다 싸 놓은 여행 가방을 다시 풀어헤쳐야 하는 것처럼 난감한 일이다. 그래도 남은 말이 있다면······.

인생을 마라톤에 비유하지만, 그건 목적지를 향해 달릴 줄밖에 모르며 승자와 패자를 명확하게 구분하고 싶어 하는 이들의 얘기다. 인생은 달리는 것이 아니라 머무는 것이다. 갈 곳을 정하지 않고 나선 이가 시간을 떠돌다 잠시 머무는 곳, 그곳에 삶이 있다.

이 글을 쓰면서 나는 한때 내가 머물렀던 곳을 돌아봤다. 무엇이든 서투르면서 막연한 희망과 걷잡을 수 없는 절망을 끊임없이 되풀이하던 그곳.

나는 그곳을 어떻게 지나 왔을까 돌아봤다. 그리고 케케묵은 여행 가방을 들쑤셔서 그곳의 흔적을 찾아본다. 친구와 절교하던 날 혼자 걸은 길의 서늘한 바람과 삐걱거리는 나무 대문을 열고 집에 들어서면 훅 끼쳐 오던 밥 냄새와 수돗가에서 올려다본 까만 하늘.

그때 나는 생각했을까. 어떻게든 살아가자. 이 세상이 그다지 호의적이지 않을 것이고, 나는 참 형편없는 인간으로 세상에 던져질지라도 어떻게든 살아가자.

그랬을지 모른다. 어떻게든 살자.

나는 여전히 남루한 여행 가방을 들고 세상을 기웃거리면서 중얼거린다. 어떻게든 살아 보자.

지난해 참혹한 봄을 지내면서 그 아이들이 이제 어떻게든 살아 볼 수도 없다는 것이 너무도 가슴 아팠다. 하지만 정말 가슴 아픈 것은 아이들의 여행이 어른들의 잘못으로 끝나고 말았으며 차가운 그곳에 영원히 머물러야 한다는 것을 점점 잊어 가고 있다는 것이다. 그들을 위해 아무것도 하지 않은 채.

이 책에 실린 내 글은 그저 한 마디다. 어떻게든 살아라.

수
지

박영란

첫 장편소설 『나의 고독한 두리안 나무』와 소설집 『라구나 이야기 외전』이 문화예술위원회 우수문학도서로 선정되었다. 2012년 장편소설 『영우한 테 잘해줘』를 출간했다. 2014년 장편소설 『서울역』으로 한국문화예술위 원회 창작기금을 받았다.

우리 이상한 거 아니지?
수지가 불쑥 물었다.
우리 진짜 이상한 거 아니지?

나는 구지구에 산다. 구지구에 사는 나는 매일 밤 신지구를 찾아간다. 신지구에 사는 사람들은 어떤 사람들일까. 하긴 그곳엔 내가 아는 사람들도 많이 산다. 친구 놈, 아는 사람, 선생님, 사거리 아이스크림 가게에서 알바하는 여자애도 신지구에 산다. 우리 엄마도 살고 싶어 미치는 신지구에 나는 밤마다 바람이나 쐬러 간다.

낮에는 신지구에 가지 못한다. 누가 막아서가 아니라 내가 안 간다. 낮의 신지구는 나 같은 쓰레기들에겐 어울리지 않는다. 배달 주문이라도 들어오면 마지못해 가 보게는 된다. 하지만 신지구 사람들은 구지구에 있는 마트에서 물건을 주문하지 않는다.

그러니 나는 매일 밤 울분을 토하는 배달용 스쿠터를 몰고 신지구를 요란하게 돌아 주어야 한다. 신지구를 한 바퀴 돌아 구지구 입구인 마계건물 앞에 도착해서야 겨우 마음이 안정되는 것이다.

*

어느 날 수지를 만났다. 어릴 때부터 병신이라고 생각했던 수지. 그날은 거의 2년 만에 만난 거였다. 수지가 물었다.

오토바이 타고 왔지?

뭐?

배달할 물건이나 얼른 주고 냄새나는 지하층에서 잽싸게 빠져나올 참이었다. 그런데 수지가 나를 빤히 보면서 요구했다.

나 좀 태워 줘 봐.

뭐?

오토바이도 없이 배달 다니는 건 아니지?

나는 수지를 내려다보았다. 키라고는 내 절반 정도니 내려다볼 수밖에 없었다.

갑갑해 죽겠어. 밤에 나 좀 태우러 와.

몇 시에.

내가 물었다.

자정에.

밤이 되었다. 마트 뒷정리도 내가 해치우고 방에 들어와 누웠다. 랜턴 불빛을 천장에 대고 껐다, 켰다, 반복하면서 시간이 가기를 기다렸다.

틱.

톡.

틱.

톡.

큰방에서 외할아버지 코 고는 소리가 일정하게 반복되기 시작하자 나는 일어났다. 현관문을 열고 나왔다. 마당 구석 주류박스 더미 곁에 거대한 사마귀 한 마리가 보였다. 나를 기다리고 있는 스쿠터였다. 자식. 놈도 매일 밤 신지구 가는 맛에 길들여진 거다. 하지만 오늘은 좀 다를 거다. 엉덩이를 툭, 때려 주고 대문 밖으로 끌고 나왔다. 열쇠를 꽂아 넣고 돌렸다.

타 다 당. 타 당.

레버를 당기자 스쿠터 엉덩이가 들썩거리기 시작했다.

부아—앙—.

나의 검은 사마귀를 몰고 더 검은 골목을 달려 도달한 곳은 구지구에서도 가장 낡아 빠진 삼호연립 앞이었다.

여기저기 파인 시멘트 구덩이를 피하기 위해 넓게 유턴을 그리면서 삼호연립 마당 깊숙이 들어가 세웠다. 거기 서서 나는 101동 1-2라인 지하 계단을 응시했다. 그 계단 아래 지하굴이 수지가 사는 곳이었다. 수지가 웅크리고 지내는 방. 축축한 모서리마다 분홍색 실지렁이들이 기어오르는 벽면. 처음 들여다보던 날 내 몸 전체에 수백 개의 구멍이 슬픈 빗소리를 내면서 뚫려 버린 바로 그 방에서 수지가 나오고 있었다.

붉고 구불구불한 수지의 머리칼이 더러운 로비 등 아래 흔들렸다. 젠장. 왜 하필 빨강으로 머리칼을 염색하나. 검은 사마귀 뒤에 태워 다니려면 파랑이나 노랑이 더 낫지. 저 검정 바람막이는 또 어떻고. 매일 방구석에 처박혀 지내는 주제에 비싼 바람막이라니. 하지만 그 모든 것을 무화시켜 버리는 수지의 다리. 수지 인생의 최고 볼거리인 그 다리. 한쪽에 의족을 장착한 다리로 수지가 계단 아래 한 발 내디딘 순간

들어와!

지하에서 쉰 고함 소리가 올라왔다. 수지 엄마였다.

상관 마!

지하를 향해 수지가 쏘아붙였다. 그리고 나를 향해 한 마디 던졌다.

뭘 보냐?

스쿠터가 하체라도 되어 버린 것처럼 엉덩이를 붙이고 앉아서 멍하게 수지가 걸어오는 모습을 바라보던 나는 그때서야 움직이고 싶었지만 어떻게 움직여야 하는지 감을 잡을 수 없었다.

하체 작동에 오류가 발생한 안드로이드 꼴 수지의 걸음걸이를 어떻게 감당할 수 있나. 도저히 말로 할 수 없다. 말해서는 안 될 것 같다. 눈은 또 어떻고. 그 다리에 딱 어울리는 꼬라지

였다. 얼굴 절반을 차지할 만큼 아이라인을 그렸다. 지상의 인간 같지 않았다. 어쩌면 종일 본 만화 속 인물을 흉내 낸 것인지도 몰랐다. 센 척하는 건가. 딴엔 화장일지도 몰랐다. 어쨌든 데이트니까.

스쿠터 옆에 다가선 수지가 한마디 했다. 좀 답답하다는 투였다.

뭐 하는 거냐.

나는 여전히 스쿠터 위에 엉덩이를 붙이고 앉아 있었다. 수지가 픽, 웃었다. 나는 여자아이들의 웃음에 대해 잘 모르지만 그 웃음은 알 것 같았다. 수지의 픽,은 경멸을 감당하겠다는 웃음, 자기 걸음을 보고 놀란 내 시선 따위는 이미 수도 없이 겪어 봤다는 웃음이었다.

뭐 해. 올리지 않을 거야?

수지가 턱으로 스쿠터를 가리키면서 말했다. 그때야 나는 정신을 차리고 내려가 수지를 스쿠터 위로 안아 올렸다. 수지의 몸은 가벼웠다. 무게랄 것도 없었다. 길고양이 한 마리 무게였다. 수지를 의자에 올리고 나도 올라타면서 고정쇠를 탁 차올렸다. 그런 후에는 자랑 삼아 달의 저편을 한 바퀴 돌기라도 할 것처럼 방대하게 유턴을 그리며 삼호연립 마당을 빠져나왔다.

수지 몸이 뒤로 휘어졌다가 내 등에 밀착했다. 수지가 내 뜨거운 등을 껴안고 있었다. 갑자기 어떤 욕구가 내 안 저 깊은 곳에서 깨어나 꿈틀거리며 올라왔다. 그러나 수지는 황량한 목소리로 명령했다.

높은 곳으로 가.

어디로.

신지구.

신지구 어디.

어디든.

수지라고 왜 신지구에 가고 싶지 않겠나. 매일 지하굴에 처박혀 있다고 세상일을 모르겠나. 쓰레기 같은 구지구 바로 코앞에 신지구가 있는데 거길 가 보고 싶지 않을 수 없지.

스쿠터가 밤의 한가운데를 달려 도착한 곳은 신지구 주차장 건물 꼭대기 층이었다. 철골로 축조된 건물의 뻥 뚫린 꼭대기 층 모서리 녹슨 난간 앞이었다. 스쿠터를 세우고 수지를 들어 내렸다. 철판 바닥에 발을 딛고 서자 수지가 불현듯 덜덜 떨기 시작했다. 오작동 난 기계처럼 마구 떨어 댔다.

좀 잡아, 새끼야.

나는 수지의 팔을 잡았다.

아 씨발, 너무 오래간만에 나왔나 보네.

나는 수지 어깨를 안았다. 수지 다리가 내 다리에 닿았다. 그러자 싸구려 의족의 진동이 내 다리를 타고 올라왔다.

조금 지나자 떨림이 잦아들기 시작했다. 아직 떨림이 완전히 가라앉지 않은 손으로 수지가 바람막이 주머니를 뒤적거려 엠피스리를 꺼내 들었다. 꺼내 든 엠피스리 이어폰을 자기 귀에 꽂아 넣다가 나를 힐끔 올려다보았다. 그러곤 귀찮다는 듯 이어폰 한쪽을 내 가슴 앞에 내밀었다.

뭐.

같이 듣자고, 씨발.

이어폰을 함께 사용하려면 수지가 스쿠터 위로 올라가거나 내가 허리를 접어야 높이가 맞을 것이었다. 나는 엉거주춤한 자세로 수지가 내민 이어폰을 받아 들고 내 귓속에 밀어 넣었다. 라디오헤드였다. 그들의 모든 곡 중 오직 하나뿐인 곡, 이 곡 외에는 들을 것도 없는 음악, 전설이 되어 버린 곡. 〈크립Creep〉이었다. 처음에는 영국 방송에서조차 음악이 너무 우울하다는 이유로 내보내기 꺼려 했던 〈크립〉을 엉덩이를 뒤로 쭉 뺀 자세로 들었다. 곡이 끝나자 또다시 〈크립〉이 흘러나왔다. 오직 〈크립〉만 연속해서 흘러나왔다. 다섯 번쯤 들었을 때였다. 수지가 툭 내뱉었다.

젠장.

왜.

얼어 죽겠어.

갈까.

아니, 더 있어.

그러지.

이런 기분 알아?

어떤.

쓰레기 같은.

알지.

훗—.

*

다음 날도 나는 밤이 깊어지자 삼호연립 마당으로 사마귀를 끌고 가서 대기했다. 수지 헬멧도 하나 구했다. 시간이 되자 수지가 지하에서 올라왔다. 수지와 나는 오랫동안 알아 온 사람들처럼, 함께 태어나 함께 열일곱을 먹은 것처럼 익숙하게 굴었다.

어젯밤처럼 수지를 스쿠터에 태우고 삼호연립을 빠져나갔다. 그리고 도달했다. 어제의 그 주차장 건물 앞이었다.

다른 옥상 없어?

어떤 옥상.

신지구에서 가장 높은 옥상.

거긴 왜.

뭘 좀 보려고.

뭐.

말하면 알아?

수지가 쏘아붙였다. 나 때문에 화난 건 아니었다. 철골로 얼키설키 조립한 건물을 두 번이나 올라가려니 비위가 뒤틀린 거지. 그러니까 조립식 건물 말고 진짜 옥상으로 가고 싶은 거였다. 신지구에 내가 아는 옥상이 있을 리 없다. 하지만 가야 했다.

수지가 팔을 길게 펼치고 손가락으로 방향을 지시했다. 수지의 팔이 길다는 것을 그때 처음 느꼈다. 만일 수지가 일곱 살 때 불타는 쓰레기통으로 추락하는 사고를 당하지 않았더라면 팔길이와 비례하는 다리 길이를 가졌을 것이다. 수지가 왜 절름발이가 되었는지는 구지구 사람이라면 다 알고 있다. 그때 사고로 신경이 녹아 버린 수지의 한쪽 다리는 자라지 않았다. 몸의 다른 곳은 자랐다. 한쪽 다리만 어릴 때 그대로였다. 자라지 않은 길이만큼 의족으로 보충해 주어야 하는 게 수지 다리였다.

나는 수지가 지시한 방향으로 스쿠터를 몰았다. 한참 달린 후 수지는 또다시 팔을 뻗어 방향을 가리켰다. 아파트 단지였다. 나는 코앞에 있는 아파트 진입로를 찾아 근처 골목을 일부러 빙빙 돌았다. 아파트 단지가 신기루라도 되는 양.

장난치지 마!

수지의 한마디가 떨어지고 나서야 나는 아파트 진입로가 보이는 언덕으로 스쿠터를 몰았다. 부—앙—앙. 스쿠터가 성깔을 부렸다.

저기.

수지가 가리키는 곳으로 스쿠터를 몰았다. 그리고 야식 배달 온 알바처럼 어느 로비 출입구 앞에 사마귀를 세웠다. 경비는 저 멀리 있고, 밤은 어두웠다. 감시카메라가 있다 해도 겁나지 않았다. 우리는 야식 배달 온 배달알바일 뿐이었다.

수지를 안아 내리고 현관 안으로 들어갔다. 엘리베이터가 우리를 기다렸다는 듯 1층에 머물러 있었다. 꼭대기 층 버튼을 눌렀다. 그래 봤자 18층이었다.

엘리베이터 문이 열리자 또 계단이었다. 저 계단을 오르면 옥상이었다. 수지가 의족으로 서둘렀다. 계단을 오르는 수지를 뒤에서 지켜보면서 옥상 문이 잠겨 있을까 봐 걱정했다. 실망한 수지 얼굴을 어떻게 보나. 문아, 제발 열려라.

옥상 문이 열렸다. 수지는 나 따위는 잊어버린 것처럼, 혼자 이곳까지 오는 데 성공한 것처럼 철문을 열고 나아갔다. 수지가 열고 나간 문을 내가 손바닥으로 받치면서 옥상에 발을 들이밀었다. 지상과는 다른 바람이 불고 있었다. 수지는 이미 허공을 가르듯 옥상 한가운데를 향해 나아가고 있었다.

신지구에서 가장 높은 아파트 옥상에 수지와 나는 섰다. 신지구 구지구를 통틀어 가장 높은 건물 옥상, 온갖 기괴한 모양의

통신전파장치들이 면류관처럼 꽂혀 있는 옥상이었다.

수지가 헬멧을 벗어 나한테 내밀었다. 나는 수지 헬멧을 바닥에 내려놓고 내 헬멧도 벗어 그 곁에 두었다. 헬멧 두 개를 바닥에 나란히 놓고 보니 기분이 이상했다. 해골 같았다.

해골 두 개를 발치에 두고 서서 수지가 엠피스리를 꺼냈다. 그러곤 이어폰 한쪽을 내밀었다. 나를 챙기는 게 성가시다는 표정도 여전히 감추지 않았다. 나는 수지 곁에 바싹 다가서서 어제의 그 엉거주춤 자세로 이어폰 한쪽을 받아 귀에 꽂아 넣었다. 음악이 흘러나왔다. 역시나 〈크립〉이었다.

나는 음악을 듣는 척했다. 진지하게 듣지 않았다. 음악에 대해서라면 나는 건성이었다. 더구나 같은 곡을 반복해서 듣는 일이라니…… 그런 일은 내 비위에 맞지 않았다.

그 음악이 다섯 번쯤 반복되었을 때 수지가 이어폰을 뺐다. 나도 이어폰을 빼내고 엉거주춤 자세를 풀었다. 그리고 물었다.

여기서 뭘 보겠다고.

수지가 검은 하늘을 올려다보았다. 그리고 답했다.

달.

저 달?

나는 턱으로 달을 가리켰다.

그래.

뭐하러.

수지가 푹, 웃었다. 그리고 한마디 던졌다.

넌 꼭 뭘 하려고 뭘 하니?

나는 입을 다물었다. 할 말이 없었다.

그런데…….

수지가 약간 망설이는 기색을 보이다가 한마디 뱉었다.

너 나랑 뭐 해 볼 생각은 치워라.

누가 뭘 해 보겠대?

갑자기 온몸이 화끈거렸다. 바람이라도 차갑게 불었으면 싶었다. 불던 바람조차 멈추고 수지의 조롱이 이어졌다.

뭘 바래. 쓰레기 같은 새끼.

나는 입을 꾹 다물었다. 달인지 뭔지 좀 더 올려다보다가 수지 머리에 헬멧을 씌웠다. 왔던 길을 되짚어 돌아왔다.

*

다음 날, 또 그다음 날도 나는 깊은 밤이 되면 삼호연립 마당에 서서 수지를 기다렸다. 수지 역시 다음 날 또 그다음 날도 밤이 되면 지하에서 올라왔다.

수지가 올라오면 나는 수지를 스쿠터 뒤에 태우고 달렸다. 그리고 마침내 도달한 신지구의 그 고층 아파트 옥상 문을 열었다. 수지와 내 앞에 방대한 은하계가 펼쳐져 있었다.

그런데 그날은 좀 다른 사람들도 옥상 문을 열었다. 수지가 크게 숨을 들이쉬고 막 엠피스리를 꺼내려고 할 때였다. 옥상 문이 활짝 열리면서 두 줄기 랜턴 빛과 긴 다리 그림자 여섯 개가 나타났다.

거기, 너희들.

수지가 엠피스리를 다시 주머니에 쑤셔 넣었다. 경비 아저씨와 두 아주머니였다. 순간 다섯 사람은 대치했다. 그들 셋이 우리 둘을 무차별적으로 훑어보았다. 침묵을 깬 건 경비 아저씨였다.

너희들 여기 왜 올라왔어.

나는 뭐라 할 말이 없었다. 무슨 말을 할 수 있겠나. 음악 들으려고? 밤산책 중이라고? 아니면 뛰어내릴 장소를 찾으려고?

너희들 어디 살아?

아주머니 목소리였다.

여기 애들은 아닌 것 같은데.

다른 아주머니 목소리였다.

어디 애들이야?

언성을 높인 질문이 튀어나왔다. 그러자 수지가 긴 팔을 뻗어 구지구 쪽을 가리켰다. 낮게 엎드린 구지구의 어두운 공중으로 시선들이 따라 나갔다.

너희들이 이 아파트 옥상엔 뭐하러 들락거려.

그때 나는 생각했다. 이 아주머니들은 질문에 대한 답을 들으려는 게 아니라 수지와 내가 다시는 이 옥상에 나타나지 않기를 바란다는 것. 그래서 '캐슬' 어쩌구 하는 이 신지구 아파트 단지에 불미스러운 사건을 만들지 않는 것. 그래서 답했다.

앞으론 주의하겠습니다. 다시 이런 일 없을 겁니다.

구십 도 각도로 정중하게 사과 인사를 했다. 동시에 수지 어깨를 힘차게 감싸 안고 활짝 열려 젖혀진 옥상 문을 향해 걸었다.

한 번만 더 오면 그땐…… 경찰 부른다!

신성한 어둠을 오염시키는 말이 등 뒤에서 터져 나왔다. 하지만 그건 내 알 바 아니었다. 나는 수지나 데리고 내려오면 그만이었다.

병신들.

경비 아저씨 목소리였다.

미친 것들, 여기가 어디라고…….

약간 이상한 애들 같아요.

엘리베이터가 지상에 도달하자마자 나는 수지를 안고 날아가 스쿠터 위에 올라탔다. 동시에 시동을 걸고 레버를 당겼다. 부앙―. 사마귀가 날아올랐다.

*

구지구 입구 마계 앞에 와서야 겨우 멈췄다. 벌써 몇 년째 공

114

사가 중단된 채 버려진 건물을 우리는 마계라고 했다. 몇 년째 부직포를 뒤집어쓰고 있는 이 흉물이 완공되었다면 지금쯤은 번 듯한 쇼핑센터와 시네마가 들어섰을 것이다. 하지만 부도를 맞아 공사가 중단되는 통에 그 건물 뒤로 이어지는 구지구 전체에 검은 그림자가 드리웠다. 우리 외할아버지만 해도 구지구의 모든 불운을 마계 건물 탓이라고 여겼다. 구지구로 흘러들어 오는 운을 이 흉물이 막고 섰다는 것이다.

젠장.

우리가 옥상에서 뛰어내리기라도 할 줄 알았나.

그러면 다행이지.

우리를 병신 취급한 거야.

그건 아니고…….

아니면.

뭐, 좀…… 이상하게 봤겠지.

우리 이상한가.

정상적으로 보이진 않지. 다른 사람들 눈에는.

픽.

풋.

우리는 웃었다.

여기.

수지가 마계를 가리켰다.

여긴 왜.

여긴 쫓아낼 사람 없겠지.

흉물을 가린 부직포가 펄럭이고 있었다. 바람이 좀 세게 불어서 진짜 마계 같아 보였다. 출입금지이긴 하지만 일단 안으로만 들어가면 아무도 모를 것이었다.

잠깐 기다려.

왜.

먼저 좀 살펴보고.

나는 수지를 스쿠터 곁에 세워 두고 가림막이 허술한 곳을 들추고 안으로 들어가 랜턴으로 비춰 보았다. 계단이 있었다. 랜턴 불빛을 위로 쏘아 보았다. 시멘트 계단이 이어져 있었다. 나는 가림막 밖으로 빠져나왔다.

저 앞에 시커먼 사마귀 한 마리가 어둠 속에 숨죽이고 있었다. 그 곁에 수지도 서 있었다. 스쿠터 양쪽 손잡이에 걸쳐 둔 헬멧 두 개가 지나가는 자동차 빛을 받아 순간 눈알처럼 번득였다.

뭐야.

수지가 물었다. 나는 손잡이에 걸려 있던 헬멧을 다시 수지 머리에 씌웠다.

갑갑해.

철근 떨어져 내릴 거 같다.

진짜 마계네.

툴툴거리면서 얌전히 헬멧을 고쳐 쓰는 수지를 보면서 나도 헬멧을 뒤집어썼다.

수지와 손을 잡고 빨가벗은 시멘트 계단을 올랐다. 완공도 못 한 채 벌써 쇠락의 기운이 음산한 건물은 냄새까지 사람 기를 죽였다. 시멘트 가루와 녹슨 철골 냄새가 피 냄새와 진배없었다. 수지와 손을 잡고 오르고 올라 마침내 꼭대기였다. 거기에 문 따위는 없었다. 눈앞에 옥상이 펼쳐져 있었다.

저 건너 신지구 고층 아파트 옥상만큼 높은 건 아니지만 기분으로는 더 높이 올라온 것 같았다. 수지가 어두운 옥상 한가운데를 향해 걸어 들어갔다. 나는 수지가 가는 쪽으로 랜턴 불빛을 잡아 주었다.

너무 나가지 마라.

갑자기 내 말을 잘 듣기로 작정이나 한 듯 수지가 멈춰 섰다. 그리고 주머니를 뒤졌다. 보나 마나 엠피스리를 꺼내는 거였다.

너나 들어라.

그러자 수지가 나를 쳐다보았다.

엠피스리 아냐.

그럼 뭐냐.

수지가 내 말은 들은 체도 않고 폰을 만지작거리더니 동영상

하나를 틀었다. 그런데 그건 또 라디오헤드였다. 딱 꼴도 보기 싫었지만 이번엔 음악과 영상이었다. 시퍼렇게 흔들리는 영상을 들고 수지가 몸을 이리저리 움직이더니 바닥에 다리를 쭉 뻗고 앉았다. 그리고 폰을 바닥에 내렸다. 검은 옥상 바닥에 숨어 있던 작은 우물 하나가 눈을 뜬 것 같았다. 깊이를 알 수 없는 우물이었다. 우물 속에서 푸른 음악이 흘러나오고 있었다.

나도 수지 곁에 다리를 쭉 펴고 앉았다.

너, 내 다리 왜 이렇게 된 줄 아냐.

수지가 불쑥 물었다.

내가 어떻게 알겠냐.

나는 거짓말했다. 수지도 내가 거짓말했다는 것을 알아차렸다. 그래도 계속 거짓말을 밀고 나가기로 했다.

얼굴 다친 거보단 낫다.

얼굴이나 다리나.

그래도 얼굴 안 다친 게 어디냐.

넌 왜 밤마다 나 데리러 나오지?

그런 넌 왜 밤마다 날 따라 나오냐.

우리는 서로 마주 보고 웃다가, 갑자기 싸늘해졌다. 수지가 물었다.

넌 내년에 학교 다시 다닐 거지?

내가 학교 가는 게 할아버지 소원이다. 그러는 넌.

난 안 가.

고등학교 졸업장도 없으면 뭘 할 수 있겠냐. 그거라도 있어야
지.

난 재봉사 될 거다. 엄마처럼…….

너네 엄마도 그걸 바라냐.

아니.

그럼.

내가 빨리 죽길 바라.

나는 수지 옆얼굴을 보았다.

세상에 그런 엄마는 없다.

위로가 안 될 줄 알면서 그냥 그런 말이라도 했다. 그 정도 말
로 덥석 위로받을 수지가 아니라는 것을 알면서도 한 말이었다.

네가 엄마 들먹일 처지는 아니지.

수지가 낮게 중얼거렸다. 위로는 고사하고 공연히 성질만 건
드린 모양이었다.

뭐?

너네 엄만 네가 배 속에 있을 때부터 죽이려고 난리였다는데.

뭐?

못 들었냐. 너 죽이려고 너네 엄마가 별짓 다 했다는 거. 온
동네가 다 아는데.

나는 발 앞에 있는 나무판 하나를 꽉, 차 던졌지만 진짜로 화

난 건 아니었다. 나는 이미 다섯 살 때 엄마한테 그 말을 직접 들었다. 엄마는 열일곱에 나를 임신했다. 나를 떼려고 높은 데서 뛰어내리고, 오토바이에 뛰어들고 별짓 다 했지만 결국 내가 태어났다고 했다. 내가 태어나서 엄마 인생을 엉망으로 만들었다고 했다. 그래서 나는 다섯 살 때부터 엄마한테 미안해 하면서 살았다. 죽지 않고 태어나서 미안하다고 중얼거리면서 살았다.

나한테 사과받는 것도 신물이 났는지 어느 날 엄마는 광대한 도시로 떠나 버렸다. 그러다가 원망이 쌓이면 한 번씩 찾아와서 난리쳤다. 지난번에 엄마가 왔을 때는 미안하다고 하지 않았다. 나도 다 컸고, 엄마도 이젠 어린 여자애가 아니었다. 피차에 서로 건드리지 않기로 암묵했다.

내가 수지 인생을 훤히 알듯이 수지 역시 내 인생을 훤히 안다. 이 좁아 터진 구지구에 끈질기게 남아 있는 사람들은 대개 그렇다. 내가 물었다.

너도 엄마한테 미안하냐.

뭐?

죽지 못하고 계속 살아서 미안한 거냐고.

아니.

그럼.

내가 진짜 죽어 버리면 엄마가 나한테 미안해 할까 봐 절대 안 죽어.

…….

킥킥.

웃기냐.

넌 외할아버지 슈퍼 물려받으면 사는 데 지장 없겠다. 너네 외할아버지는 집도 있고…… 구지구 개발되면 보상금도 받고…….

수지 목소리가 점점 가라앉고 있었다.

나는 일어섰다. 눅눅한 시멘트 가루가 엉덩이에 잔뜩 들러붙어 있었지만 털어 낼 생각은 하지 않았다. 수지도 일어설 기척을 하기에 일으켜 세워 주었다.

마계 건물 옥상에서 신지구 아파트 단지를 보자니 기분이 더러웠다. 견딜 수 없는 뭔가가 치고 올라왔다. 이런 기분일 땐 고함치면서 울어야 했다. 빈 병이라도 몇 개 깨면서 고약한 기분을 터트려야 했다. 하지만 곁에 수지가 있으니 참아야 했다.

저 사람들은 다 정상인데…… 우리만 이상한 거 같다…….

내 기분과 달리 수지는 조용하게 말했다. 나는 답하지 않았다.

우리 이상한 거 아니지?

수지가 불쑥 물었다.

우리 진짜 이상한 거 아니지?

수지가 또 물었다. 감정이 실리기 시작하는 목소리였다. 수지 목소리는 들으면 금방 안다. 감정이 치고 올라오면 목구멍이 꽉 막힌다. 그런데도 말을 하려고 하면 그런 목소리가 나온다.

수지한테 시시껄렁한 말이라도 해 주고 싶었다. 난 원래 길게 말도 잘 못하고, 남 위로해 주는 일도 소질 없다. 그래도 그때 그 순간 사랑은 다 정상이라고 말하고 싶었다.

"사랑은 다
겹잖이다"

절름발이 소녀가 있다. 엄마는 소녀를 돌봐
줄 짬이 없었다. 일곱 살 때 소녀는 엄마의 재봉
틀 소리가 들리는 놀이터에서 사고를 당했다. 소녀가 열여섯이 되었을
때 한쪽 다리가 10센티미터쯤 짧아졌다.

소년이 있다. 초등학교 다닐 때부터 온갖 말썽을 피웠다. 중학교 3년
내내 보호감독 대상이었다. 고교 1학년 때 또 패싸움에 휘말렸다. 결국
휴학하게 되었다. 할아버지의 슈퍼마켓에서 배달 일을 하고 있다.

이 둘은 구지구에 산다. 구지구에서 태어나 열일곱 살이 된 지금까
지 구지구에 산다. 구지구 저 건너에는 신지구 아파트 단지가 신기루
처럼 펼쳐져 있다.

이 둘이 태어날 무렵부터 이 지역은 개발되기 시작했다. 지금도 개
발은 계속되고 있다. 이 둘은 태어나 지금까지 주변이 변하는 모습을

보면서 자랐다. 변하지 않는 건 자신을 둘러싼 사람들과 여기 이곳,
구지구였다.

어느 날 밤 이 둘은 신지구에 숨어든다. 그 후 둘은 매일 밤 신지구
로 간다. 신지구에서 가장 높은 건물 옥상에서 옥상으로. 높이 더 높
이. 구지구에서조차 병신으로 통하는 이 둘은 날아오르기 시작한다.

누구의 사랑이든.
어떤 사랑이든.
어떻게 사랑하든.
사랑은 다 정상이다. 어쩌면 사랑하는 순간만이 정상일지도 모른다.

장편으로 쓰려 한 이야기였으나, 단편이 되었다.

안드로메다 소녀

전건우

소설과는 전혀 상관없는 삶을 살다가 어느 순간 작가가 되었다. 장르문학의 자장 안에서 꾸준히 활동해 오며 여러 소설을 발표했다. 장편소설 『밤의 이야기꾼들』을 펴냈다.

그날 나는 죽지 않을 정도로 맞은 뒤 바지가 벗겨진 채 철봉에 매달려 있어야 했다. 그것도 꽁꽁 묶인 상태로.

그때 나를 구해 준 사람이 바로 소희였다.

소희는 우리 학교에 처음 전학 온 안드로메다인이었다. 정확하게 말하자면 혼혈 안드로메다인이었지만 중학교 2학년들에게 그딴 사실은 중요하지 않았다. 중요한 건 소희가 우리와 다르다는 점이었고, 그것 하나만으로도 놀리고 괴롭힐 이유는 충분했다.

"너는 화 안 나?"

어느 날 나는 소희에게 그렇게 물었다. 여름방학을 두 주 정도 앞둔 덥고 끈적끈적한 날이었다. 소희는 끝이 새까맣게 타서 고불고불 말려 올라간 단발머리를 한 채 하늘을 올려다보고 있었다. 내 안경에는 거미줄 같은 금이 갔다. 며칠째 후덥지근한 날씨가 이어졌고 중국에서 날아온 미세먼지 탓에 하늘은 온통 누렜다.

"별로. 난 상관없어."

소희는 살짝 미소까지 지으며 말했다. 소희의 미소는 근사했다. 밤하늘의 별처럼 반짝이는 그 미소를 보고 있으면 언제든 마음이 말랑말랑해졌다.

하지만 우리를 괴롭히는 아이들에게 소희의 미소는 오히려 독이었다. 걔들, 그러니까 여드름투성이에 머릿속에는 게임 아니면 야동 생각밖에 들어 있지 않는 녀석들은 소희의 미소를 두고 건방지다고 생각했다.

외계인 주제에 웃고 있어?

아마도 그런 마음이었으리라.

머리카락 끝이 불에 타도, 급식을 뺏겨도, 치마가 찢어지고 화장실에 상스러운 낙서—그 낙서 속 소희의 상대는 대개 나였다. 외계인과 변태가 '응응'하다. 뭐, 대충 이런 내용들—가 등장해도 소희는 웃기만 했다. 안드로메다인의 염색체 속에는 아예 다른 감정이란 존재하지 않는 것 같았다. 언젠가 소희는 이렇게 설명했다.

"아빠가 그랬어. 최고의 복수는 슬퍼하지 않는 거고 더 통쾌한 복수는 아예 웃는 거라고."

순수 안드로메다인인 소희의 아버지는 부모님을 따라 지구로 이주해 왔다. 소희가 보여 준 사진 속 아버지는 눈이 부실 정도의 형광 피부를 가지고 있었다. 역시 활짝 웃는 모습이었다. 소희는 아버지와 많이 닮았다. 보는 이의 심장을 내려앉게 만드는 미소도, 반짝이는 형광 피부도.

형광 피부.

그게 바로 안드로메다인과 지구인을 구별하는 가장 큰 특징이었다.

안드로메다인은 안드로메다은하 행성 중 하나인 J28516849
에서 왔다. 지구에서는 약 250만 광년 떨어진 곳이다.

"잘 들어 봐. 내가 이렇게 밤하늘에 대고 불을 깜박이는 거
야."

소희는 손전등 불빛을 하늘에 비추며 말했다.

"그러면 250만 년이 지나서야 내 고향별에서 이 불빛을 볼 수
있는 거야, 250만 년이라고. 어마어마하지?"

나는 천천히 고개를 끄덕였다. 소희는 고향별에 대해 이야기
할 때면 얼굴이 더 환하게 빛났다. 안드로메다인은 흥분의 정도
에 따라서 피부 밝기가 변했다. 보통 때는 옅은 형광빛을 띠는
데 흥분하면 할수록 경광등처럼 번쩍거리기 시작했다.

"우리 선조들은 그 머나먼 거리를 날아올 만큼 대단한 분들
이었던 거야."

안드로메다인들이 지구에 온 건 20년 전이었다. 나는 아직 태
어나기도 전인 까마득한 옛날, 잠실야구장이 세 개는 들어가고도
남을 만큼 큰 우주선 수십 대가 세계 전역의 하늘을 뒤덮었다.

세상은 발칵 뒤집혔다. 각 나라 정부는 이미 알고 있었다는
소문도 돌았다. 어쨌거나, 도넛처럼 가운데가 뻥 뚫려 훗날 '크
리스피 십'이라 불리게 된 그 우주선에는 수십만 안드로메다인

들이 타고 있었다.

소희의 아버지와 할아버지가 살았던 J28516849는 지구보다도 훨씬 늙은 별이었다. 지구는 그 별에 비하면 이제 막 걸음마를 뗀 아기 수준이었다. 공룡이 지구를 뛰어다니던 때 안드로메다인들은 이미 찬란한 문명을 건설했다니 말 다했지 뭐.

늙은 별은 죽음을 향해 착실히 나아갔다. 안드로메다인들의 첨단 과학으로도 예정된 죽음을 막을 수는 없었다. 자연재해가 발생했다. 안드로메다인들은 수도 없이 죽어 갔다. 하늘은 회색 먼지로 뒤덮였고 물은 모조리 말라 버렸다.

결국 생각해 낸 방법이 바로 탈출이었다. 모든 과학 기술을 총동원해 우주선을 만들었고 자신들의 별과 가장 환경이 비슷한 곳을 골라 여행을 시작했다. 웜홀을 통과해 시간을 단축했다고는 하지만 250만 광년은 소희 말처럼 어마어마한 거리였다. 출발할 때는 갓난아기였던 소희의 아버지 또래가 모조리 어른이 되고 나서야 그들은 지구에 도착했다.

그사이, 처음 출발했을 때에 비해 인구는 절반으로 줄어 버렸다. 어떤 우주선에는 바이러스가 돌았고 또 다른 우주선에는 폭동이 일어났다. 살아남은 안드로메다인들도 지치고 병들기는 마찬가지였다.

"그래도 우리 선조들은 자긍심을 잃지 않았대."

소희가 말했다. 소희는 나와 단둘이 있을 때는 말을 많이 했다. 자긍심 같은 어려운 단어도 곧잘 썼다. 소희의 말을 귀 기울여 듣고 이해하는 사람은 내가 유일했다. 내 소설을 읽어 주는 사람이 소희뿐인 것처럼. 그래서 우리는 단짝이 될 수 있었다. 안드로메다인 혼혈과 소설가가 되기를 꿈꾸는 중학생은, 뭐랄까, 서로에게 기대지 않고는 살아갈 수 없는 존재들이었다.

"소설은 개뿔."

내가 소설가가 되겠다고 말했을 때 아버지는 술에 취해 불콰한 얼굴로 그렇게 말했을 뿐이었다. 농담을 했다고 생각한 모양이었다. 아니면 본인이 잘못 들었거나.

내가 재차 소설가가 되겠다고 말하자 그제야 눈을 치뜨며 나를 노려봤다.

"그런 직업은 없어."

아버지는 말했다. 입에서 술 냄새가 났다. 아버지는, 본인의 표현대로라면 술로 목구멍을 좀 부드럽게 만들어야 겨우 대화를 나눌 수 있는 양반이었다. 물론 '정상적인 대화'를 나누기는 어려웠다. 벌컥 화를 내거나, 밑도 끝도 없이 울거나, 미친 사람처럼 웃음을 터트리기 일쑤였으니까. 엄마가 죽고 난 뒤에 아버지의 증세는 더 심해졌다. 그래도 어쨌든 취해 있는 쪽이 조금 더 나았다. 맨정신일 때의 아버지는 무생물 같아 보였다. 고인돌이나 돌하르방, 그것도 아니면 이스터 섬의 모아이 석상.

"알아요."

소설가는 세계 직업 열람에서 이미 오래전에 사라져 버렸다.

"그딴 걸 썼다가는 미친놈 취급받기 딱 좋아."

나는 안 그래도 그러고 있다고 말하려다가 말았다. 대신에 내가 쓴 소설을 내밀었다. 한 가정의 문제를 정면으로 응시한 문제작이었다. 병에 걸린 엄마가 서서히 죽어 가는 동안 아버지와 아들이 어떻게 절망의 나락으로 떨어지는지를 보여 주는 한 편의 블랙코미디요, 절절한 비극이었다.

아버지는 '엄마가 죽었다'로 시작하는 내 소설을 바라봤다. '읽었다'보다는 '바라봤다'는 표현이 맞을 것이다. 첫 페이지에 내내 머물러 있었으니까. 태블릿의 전원이 자동으로 꺼질 때까지 아버지는 눈을 떼지 않았다. 그저 멍하니 서 있을 뿐이었다.

"앞으론 쓰지 마라."

아버지는 그렇게 말했다. 눈이 빨겠다.

"소설은 사람의 마음을 가지고 노는 거야. 아주 악질적인 일이지."

"사람의 마음을 움직이는 거잖아요."

나는 참다못해 대들었다. 그냥 쓰지 말라는 것과 내가 좋아하는 소설을 모독하는 건 엄연히 달랐다.

"약해 빠진 녀석들이나 소설 나부랭이를 읽는 거야."

"하지만……."

"그만하자. 피곤하구나."

아버지와의 대화는 그걸로 끝이었다. 아버지는 화를 내지도, 울지도, 그렇다고 웃지도 않았다. 입을 꾹 다물고 어둠 속에 앉아 있을 뿐이었다. 엄마가 돌아가신 날도 그랬다. 아버지는 병원 복도에 서서 텅 빈 눈으로 천장을 바라보고만 있었다. 마치 거기에 어떤 해답이라도 있다는 듯이.

아무도 내 소설을 이해하지 못했다. 아니, 진지하게 읽어 주는 이조차 없었다. 친구들은 나를 놀리기 일쑤였다. 키 작고 안경잡이인데다가 소설까지 쓴다니, 중2의 세계에서는 절대 용납할 수 없는 조건을 나는 골고루 갖췄다.

"어이, 변태. 너 고추가 발딱 서는 소설 쓴다며?"

이렇게 묻는 녀석도 있었다. 학교에서 싸움을 제일 잘하는 놈이었다.

"빨리 한번 써 봐. 좆나 꼴리는 걸로."

싸움 일등의 부하 중 한 명이 말했다. 개구리처럼 배가 툭 튀어나온 놈이었다.

"싫어. 그, 그딴 건 소설이 아니야. 너희들 거기를 만족시키고 싶다면 야동이라도 보면 되잖아. 아니면 지하철역 앞에 있는 어덜트 숍이라도 가던지. 거긴 애들도 다 받아 준대. 여자 로봇이 엄청나게 잘 빨아 준다는데 혹시 못 들었어? 그것도 싫으면 너희들 엄마한테 부탁해 보는 건 어때? 어, 엄마는 뭐든지 다 해 주시잖아. 안 그래?"

눈앞에서 불꽃이 튀었다. 나가떨어졌다. 코에서 피가 흘러나왔다. 콧속이 화끈거리고 머리가 띵했다.

"이 새끼가!"

이번에는 발이 날아들었다. 나는 얼른 안경을 벗은 뒤 얼굴을 감싸고 엎드렸다. 언제나 입이 방정이었다. 흥분하면 할수록, 그리고 겁을 먹거나 긴장을 하면 할수록 내 입과 혀는 통제를 벗어나 마구 움직였다. 머리와 의논도 하지 않고 헛소리를 쏟아냈다. 떠들어 대는 쪽은 입, 맞아서 고생하는 쪽은 몸이었다.

그날 나는 죽지 않을 정도로 맞은 뒤 바지가 벗겨진 채 철봉에 매달려 있어야 했다. 그것도 꽁꽁 묶인 상태로.

그때 나를 구해 준 사람이 바로 소희였다.

철봉에 묶여 있는 내게로 형광빛 얼굴이 어둠을 헤치며 다가왔다.

"넌 왜 괴롭힘을 당하니?"

소희는 내게 물었다. 외계인도 아닌데 왜 이 꼴을 당하는지 궁금한 모양이었다. 나는 바지를 주섬주섬 입으며 대답했다.

"소설을 쓰거든. 그래서 변태래. 글 같은 걸 쓰다니 왠지 좀 이상해 보이나 봐."

"봤어. 네가 쉬는 시간에 뭔가 쓰는 걸."

"넌 소설이 뭔지 아니?"

"읽어 봤어. 우리 집에도 몇 권 있는걸. 네가 쓰는 건 무슨 내용이야?"

"키 작은 소년이 영웅이 돼서 이 세상을 구하는 이야기."

"나도 읽어 볼 수 있을까?"

"내 소설을?"

"그럼 뭐겠니?"

그때가 처음이었다. 내 소설을 원하는 사람을 만난 건. 물론 안드로메다인과 대화한 것도 처음이었다. 소희가 우리 반으로 전학 온 지 한 달이 지난 때였지만 서로 이야기를 나눈 적은 한 번도 없었다. 어쩌면 나도 선입견을 가지고 있었던 건지도 모르겠다.

안드로메다인은 인간의 장기를 먹는다.

사람들 사이에서는 그런 괴담이 돌았다.

"재미없을지도 몰라. 아니, 보나 마나 재미없을 거야. 시시한 소설이거든. 시시해도 너무 시시해서 내가 읽어도 하품이 나올 정도야. 그럴 수밖에 없지. 어디서도 소설 쓰는 법을 가르쳐 주지 않으니까. 그러니까……."

흥분한 탓에 쉴 새 없이 말을 쏟아 내는 내 입을 소희의 형광 빛 손가락이 막았다.

"일단 읽어 볼게. 읽어 본 후에 내가 판단할 거야."

그렇게 말한 후 소희는 내 우중충한 가슴속으로 날아와 반짝이는 별이 되어 준 그 멋진 미소를 지어 보였다. 그 순간 나는 한 가지 결심을 했다. 외계인 혼혈 소녀와 평범한 지구 소년의 사랑 이야기를 꼭 소설로 쓰리라고.

우리가 친해진 건 그때부터였다.

"우리 집에 놀러 올래?"

소희가 물었다. 여름방학 하루 전이었다. 뜨끈뜨끈한 햇살이 창문을 넘어 우리 책상으로 비쳐 들었다. 소희는 선생님에게서 눈을 떼지 않은 채 소곤소곤 이야기했다.

"우리 엄마, 오늘 집에 없어."

그 말을 할 때 소희의 얼굴이 아주 잠깐 환하게 빛났다.

나는 아무런 대답도 할 수 없었다. 머릿속에서 왕벌들이 붕붕 날아다니고 있었다. 아침에 얻어터진 입술에서는 계속 피가 새어 나왔다. 짭조름하면서도 알싸한 맛이 느껴졌다. 퉁퉁 부은 왼쪽 눈에서는 눈물이 줄줄 흘러내렸다. 유리가 박히기라도 한 것처럼 찌르는 듯이 아팠다. 코피는 가까스로 멎었다. 그래도 계속 화장지를 끼워 놓고 있었다. 선생님은 나와 눈이 마주쳤지만 슬쩍 고개를 돌렸다.

"방학이 되면 다들 생산적인 일을 하도록. 아무런 일도 하지 않은 채 식량만 축내는 인간들은 사회의 악과 다름없다는 사실, 모두 알 거라 믿는다. 빈둥거리다가 걸리면 용서하지 않겠다. 취미 생활 따위 사치다. 놀러 다니는 것도 마찬가지. 이 사회의 미래는 너희들에게 달렸다는 걸 잊지 마라. 또 하나, 요즘 실종 사건이 빈번하게 일어나고 있다. 밤에 돌아다니거나 우범지대 근처에는 얼씬도 하지 말 것. 그리고……."

종례시간은 끝날 듯 끝나지 않았다.

"너에게 보답하고 싶어."

소희는 또다시 속삭였다. 이번에는 나도 고개를 끄덕였다. 그 작은 동작만으로도 머리가 깨질 듯 아팠다.

그날 아침은 유독 지독하게 당했다. 소희의 웃음이 화근이었다. 소희는 아침부터 눈에 띄게 환한 표정으로 미소를 짓고 있었다. 내가 무슨 일이냐고 물어도 계속 웃기만 했다. 그게 녀석들의 신경을 건드렸다.

"어이, 외계인. 좋은 일 있어?"

한 놈이 묻자 패거리들이 기다렸다는 듯 소희 주위로 몰려들었다.

"너희들은 상관 마."

소희는 전에 없이 강하게 나갔다.

"뭐라고? 이년이 미쳤나!"

퍽.

곧장 주먹이 날아왔다.

소희의 얼굴이 휘청 뒤로 넘어갔다.

방학 전에는 모두 예민해진다. 부족한 일손과 식량을 충당하기 위해 방학이 되면 모두 일을 한다. 공장에 가거나 농장에서 하루 종일 땀을 흘린다. 고기를 잡을 때도 있다. 공사현장에 투입되는 경우도 종종 생긴다. 어떤 일이건, 중학생 이상이라면 생산적인 일을 해야 한다. 그것이 사회의 규칙이었다. 물론 예외도 있었다. 나처럼 표준체형에 미달인 꼬맹이나 외계인 혼혈인 소희의 경우에는 강제노동에서 빠지는 게 가능했다. 아마도, 녀석들은 그것 때문에 더 화가 났을 것이다.

"야. 칼 가져 와."

누군가가 그렇게 말했다. 금세 번쩍이는 커터 칼이 대령됐다. 공사현장에서나 쓸 법한 무지막지하게 생긴 물건이었다.

끼리릭.

칼날을 밀어 올리자 기분 나쁜 소리가 울려 퍼졌다. 소희의 얼굴에서 미소가 사라졌다. 형광 피부가 투명하게 변했다.

"우리가 왜 좆같은 일을 해야 하는지 알아? 바로 너희 외계인들 때문이야. 외계인 바퀴벌레들이 인간이 먹을 걸 자꾸 뺏어가니까 어린 우리들까지 고생하는 거잖아. 안 그래?"

끼리릭.

칼날이 더 늘어났다. 조금 전까지 악을 쓰며 울어 대던 말매미들이 모조리 입을 닫았다. 누구도 말리지 않았다. 칼은 소희의 눈동자 앞에서 불길하게 춤을 췄다. 교실 안은 이글이글 타

올랐다. 가만히 있어도 등에 땀이 차올랐다. 정말로 무슨 일이 생길 것만 같았다.

"그, 그만해!"

나는 소리쳤다. 후회해 봐야 소용없었다. 엎질러진 물이었고, 녀석들도 내가 끼어들길 기다리고 있었으니까.

"역시 우리 변태는 의리남이야. 자기 여자친구가 당하니까 이렇게 화도 내고."

그 말을 시작으로 주먹과 발이 날아들었다. 녀석들의 폭력은 무자비했다. 최대한 소희를 감쌌지만 내 작은 몸으로는 어림도 없었다.

"죽어! 죽어! 이 바퀴벌레들아!"

맞을 때의 아픔보다도 녀석들에게서 뿜어져 나오는 광기와 분노가 더 무서웠다.

정말로 죽일지도 모른다.

그런 생각이 들었다.

녀석들의 눈에 깃든 살기는 진짜였다. 텔레비전 뉴스에 종종 보도되는 '반反외계인' 시위대의 눈빛과 똑같았다.

우리의 식량과 일자리를 뺏는 외계인들 물러가라!

인간을 잡아먹는 괴물 외계인들 처단하자!

시위대의 구호는 언제나 비슷했다. 다만 시위가 거듭될수록 눈빛은 더 무섭게 변했다. 카메라에 비친 그들의 모습을 보고 있으면 오싹해졌다.

살기 어린 폭력은 조례시간이 임박해서야 끝났다. 대미를 장식한 건 내 태블릿이었다. 그 악마 같은 놈들 중 한 명이 태블릿을 내던진 후 발로 밟아 산산조각을 낸 것이다. 그때쯤에는 우리 둘의 몰골도 태블릿과 별반 다르지 않았다. 소희는 머리카락이 다 잘려 나갔고 나는 피떡이 되어 널브러졌다. 숨을 쉴 때마다 머리가 아팠다. 손가락 하나 까딱할 수 없었다. 나는 벽에 기대 바라볼 수밖에 없었다. 내 모든 소설이 담긴 태블릿이 고철로 변하는 걸.

울음도 나오지 않았다.

오후의 햇살이 목덜미에 달라붙었다. 더웠다. 여름 기온은 매해 신기록을 경신했다. 이대로 계속 더워지다가는 언젠가 온 세상이 부글부글 끓어오를지도 모른다. 나는 그런 생각들을 하며 소희의 뒤를 따라 걸었다.

"아직도 아파?"

소희가 물었다.

"머리가, 조금."

조금이라는 말은 거짓이었다. 두통은 점점 심해졌다. 토할 것 같았다. 소희는 걱정스러운 표정으로 나를 바라봤다.

"넌 괜찮아?"

겉모습으로만 본다면 나보다 소희가 훨씬 더 심했다. 피가 말라붙은 머리카락은 한데 뭉쳐 있었고 원래 형광빛이어야 할 오른쪽 광대뼈 근처는 시커멓게 멍이 든 상태였다. 칼로 아무렇게나 잘라 낸 머리카락은 들소 떼가 짓밟고 간 풀밭 같았다. 앞니 하나도 사라졌다. 그런데도 소희는 웃음을 잃지 않았다.

"난 이제 괜찮아. 이번이 마지막이거든."

소희는 그렇게 말하며 먼 하늘을 바라봤다. 짙고 푸른 하늘이었다. 구름 몇 점이 한가로이 떠다니고 있었다. 하늘은 그 아래 살아가는 인간 따위 아무런 관심도 없는 듯했다. 그러지 않고서야 온통 회색빛인 세상 속에서 저 혼자 저렇게 파랄 리가 없었다.

"그게 무슨 소리야?"

나는 소희에게 물었다. 마지막이라니, 왠지 불길하게 들렸다.

"가자. 가서 설명해 줄게."

다시 걸음을 옮기는 소희에게서는 희미한 땀 냄새와 함께 정신을 아찔하게 만드는 달짝지근한 향기가 풍겼다. 그게 진짜 여자의 냄새라는 사실을, 나는 오랜 시간이 지난 후에야 알게 되었다.

소희의 집은 안드로메다인 보호구역 안에 있었다. 말이 좋아 보호구역이지 하루에도 몇 번씩 수상쩍은 사건이 발생하는 음침하고 위험한 동네였다. 선생님이 종례 때 이야기한 우범지대에 보호구역도 포함되어 있었다.

보호구역에서 나온 쓰레기에 사람 뼈가 섞여 있었다.

밤늦게 보호구역 근처를 돌아다니면 납치당한다.

보후구역 안에서는 인간 장기가 비싼 값에 팔린다.

그런 이야기들이 도시괴담처럼 퍼져 나갔다. 그럴수록 안드로메다인을 배척하는 지구인 수는 더 늘어났다. '반反외계인'을 외치는 사람 중에는 안드로메다인을 죽여야 한다는 과격파도 있었다. 소희네 아버지도 그런 놈들에게 목숨을 잃었다. 팔다리가 잘린 채로 공원 화장실에서 발견됐다. 소희는 그 이야기를 비교적 담담하게 털어놓았다. 남편을 잃고 홀로 남은 엄마가 어떤 어려움을 겪으며 살아가고 있는지도. 그 이야기를 할 때에도 소희의 얼굴에서는 슬픔을 찾아볼 수 없었다.

"너 여기는 처음이지?"

소희가 물었다. 어느새 보호구역 앞이었다. 그곳은 눈에 띄게 어두웠다. 낡고 지저분한 건물들 때문만은 아니었다. '안드로메다인 보호구역'이라고 적힌 표지판을 경계로 명암이 확 달라졌다. 보호구역 안은 햇살이 속속들이 스며들지 못하는 느낌이었다. 한여름이었지만 서늘한 공기가 맴돌았고, 공기 끝에는 악취가 배어 있었다.

"응."

나는 목소리를 겨우 짜냈다. 악취 때문인지 머리가 몇 배는 더 아팠다.

"지옥에 온 걸 환영해."

소희는 그렇게 말한 후 또 환하게 웃었다.

당연한 이야기지만, 보호구역 안에는 안드로메다인들이 엄청
많았다. 형광 피부의 남자와 여자 들이 어슬렁어슬렁 거리를 걷
고 있었다. 모두 볼이 홀쭉하고 안색이 안 좋았다. 순혈 안드로
메다인은 소희와 미묘하게 달랐다. 눈과 눈 사이가 멀었고 입술
이 두툼했다. 눈동자도 훨씬 크고 깊었다. 얼핏 보면 사슴이나
기린과 닮았다. 피부 색깔도 조금 더 진했다.

안드로메다인들은 나를 유심히 바라봤다. 얼굴에는 미소가
걸려 있었다. 내게 손짓을 하는 늙은 안드로메다인도 있었다.
뇌를 믹서에 넣고 갈아 버린 것 같은 상태가 아니었다면 나도 마
주 손을 흔들었을지도 모른다.

"빨리 와."

소희는 조금 신경질적인 목소리로 말했다. 그러고는 내 손을
잡아끌었다. 차가우면서도 부드러운 소희의 손이 은은한 형광
빛을 내며 반짝였다. 나는 그 손에 이끌려 다리를 움직였다. 마
음 같아서는 그늘에 앉아 한바탕 토한 후 오래오래 자고 싶었
다. 머리가 안 아플 때까지.

실제로도 나는 꾸벅꾸벅 졸면서 걸었던 것 같다. 보호구역 안
에서의 기억이 드문드문한 걸 보면. 소희와 나는 안드로메다인

들이 아주 많은 시장 같은 곳을 지나기도 했고 누군가 목청 높여 소리치는 광장을 지나기도 했다. 그러다가 어느 순간 정신을 차려 보니 소희네 집 앞이었다. 금방이라도 쓰러질 것 같은 오래된 빌라, 그중에서도 소희네 집은 햇살 하나 들지 않는 지하에 있었다.

"편하게 앉아."

집에서도 희미한 악취가 풍겼지만 못 견딜 정도는 아니었다. 대신에 습기와 더위 때문에 숨이 막힐 지경이었다. 천장 절반을 곰팡이가 뒤덮고 있었다. 형광등 불빛도 희미했다. 축축한 벽지에는 정체를 알 수 없는 얼룩이 가득했다.

"엄마는 어디 가셨어?"

내가 물었다.

"엄마?"

되묻는 소희의 목소리가 날카롭게 갈라졌다. 형광등 바로 아래 선 소희의 얼굴은 그늘 때문에 표정을 알아볼 수가 없었다.

"응. 언제쯤 돌아오시는가 싶어서."

"엄마는 지구인이잖아. 이제 다시 돌아올 일 없을 거야."

알듯 말듯 한 소리를 하며 소희는 입고 있던 티셔츠를 훌렁 벗었다. 형광빛 살결과 하얀색 브래지어가 고스란히 드러났다. 바지도 벗었다. 나도 모르게 딸꾹질이 나왔다. 맹세코, 여자의 알몸을 보는 건 그때가 처음이었다.

머리가 아프지 않았다면 그 순간을 조금 더 잘 기억할 수 있었을까?

아마 아닐 것이다. 그런 문제가 아니었다. 첫사랑과의 추억을 또렷하게 기억하지 못하는 건 너무나도 비현실적으로 느껴지기 때문이다.

나 역시 마찬가지였다. 소희가 내 앞에서 옷을 벗기 전까지, 나는 한 번도 사랑에 대해 생각해 보지 않았다. 내가 소희에게 품은 마음의 정체에 대해 궁금증을 품지 않았다. 나는 꼬맹이였고, 무엇보다 염세주의적 소설가였으므로 사랑이라는 단어 자체가 내게는 비현실이었다.

"왜 그러고 섰어?"

소희가 말했다.

"나, 난 그냥……."

무슨 말을 해야 할지 몰랐다. 아니, 어떤 행동을 해야 하는지 알 수가 없었다. 두통은 여전히 심했지만 온 신경은 아랫도리에 집중됐다. 마치 그곳만 싱싱하게 살아 숨 쉬는 것 같았다.

"이럴 땐 남자가 여자를 안아 주는 거래."

소희는 나를 향해 한발 더 다가왔다. 여기저기 멍으로 가득했지만 소희의 몸은 충분히 아름다웠다. 미소도 어딘지 달라 보였다. 하룻밤 새에 소희 혼자 훌쩍 어른이 된 것 같았다. 나는 소희의 가슴을 보지 않으려고 애썼지만 소용없는 일이었다.

어색하게 소희를 안았다. 그저 안고 있을 뿐이었다. 도서관 구석이나 구시대의 다운로드 사이트를 경유해서 찾아낸 소설 중 어디에도 이런 상황에 대처하는 법은 나와 있지 않았다.

"난 잘 몰라."

솔직하게 말했다.

"그리고 전혀 예상하지 못했어. 이런 거. 그러니까 너와 내가……."

소희의 입술이 내 입술을 덮쳤다. 향긋하고 부드러우며 말캉한 무언가가 입안으로 살며시 들어왔다. 정신이 아득해졌다.

"여기야. 여길 만져 봐."

내 손을 잡고 자신의 가슴 쪽으로 이끌었다. 소희의 과감한 행동이 짜릿하기도 했지만 두려운 것도 사실이었다. 내 의지와는 상관없이 모든 일이 진행되었다. 봉긋 솟아오른 소희의 가슴에 손을 얹으며 머릿속이 텅 비는 듯한 경험을 하면서도 무의식 한쪽에서는 경고등이 끊임없이 깜박였다.

"넌 여기가 좋지?"

모든 잡생각은 소희의 차가운 손이 내 아랫도리 쪽으로 내려오면서 스르르 사라졌다. 크게 부풀어 오른 그곳은 욕망으로 가득 차 있었고 내 통제를 벗어난 지 오래였다.

"소희야."

나는 이름을 불렀다. 그것 말고는 어떤 말도 할 수 없었다.

"고마워서 그래. 너한테는 꼭 보답하고 싶었어. 고마우니까."

소희는 우는 것 같았다. 처음이었다. 소희의 따뜻한 눈물이 내 어깨를 적셨다.

"무슨 일이야?"

나는 정신이 번쩍 들었다. 소희를 밀쳐 내고 얼굴을 자세히 살펴봤다. 멍들고 피딱지가 내려앉은 형광빛 고운 얼굴에는 한 번도 보지 못한 표정이 자리 잡고 있었다.

"무슨 일이냐니까?"

다시 한 번 물었다. 성난 아랫도리가 덜렁거렸지만 중요한 건 그게 아니었다. 문득, 소희의 행동이 아침부터 이상했다는 사실 이 떠올랐다. 마지막이라고 했던 그 말도 생각났다. 그러고 보 니 집 안 전체가 휑뎅그렁했다. 가구도 보이지 않았다.

"나, 지구를 떠날 거야."

소희가 눈물을 훔치며 말했다.

"뭐?"

"오늘이 마지막이야. 지구에서 보내는."

"앉아서 자세히 이야기해 봐."

갑자기 두통과 어지럼이 몰려왔다. 계속 서 있다가는 쓰러지 거나 토하거나 둘 중 하나일 것 같았다. 나와 소희는 끈적끈적 달라붙는 바닥에 앉았다. 소희는 여전히 브래지어와 팬티만 입 고 있었고 덕분에 내 아랫도리도 쉽사리 수그러들지 않았다.

"안드로메다인 몇 명이 우리 별로 돌아갈 수 있는 방법을 알아냈어. 우주선 없이도 말이야. 우주선은 지구인들 손에 뺏겼거든. 그분들, 우리는 제사장이라고 부르는데 그분들 말만 잘 따르면 아빠가 있는 별로 갈 수 있는 거야, 모두."

소희의 얼굴에는 어느새 다시 미소가 떠올라 있었다. 눈동자도 반짝거렸다.

"우주선 없이 어떻게 250만 광년이나 떨어진 곳으로 가겠다는 거야?"

내 상식으로는 이해가 되지 않았다. 게다가…….

"너희 아빠는 돌아가셨잖아?"

내 말에 소희는 고개를 저었다.

"아빠는 죽은 게 아니야. 아니, 나도 그런 줄로만 알고 있었는데 제사장님이 말씀해 주셨어. 우리 별로 먼저 돌아간 거라고. 그리고 나도 그럴 수 있다고. 자세한 방법은 가르쳐 주시지 않았지만 나는 믿어. 보름달이 환하게 뜨는 오늘밤, 반드시 우리 별로 갈 수 있다는 걸."

소희네 아버지는 분명히 죽었다. 나는 인터넷으로 기사를 찾아보기도 했다. 눈앞에 있는 소희, 브래지어와 팬티만 입은 채 형광 피부를 반짝이고 있는 소희를 가만히 바라봤다. 기대감에 잔뜩 흥분한 표정이었다. 한 치의 의심도 없이 믿고 있는 것 같았다.

말릴 생각 하지 마.

미소를 짓긴 했지만 일자로 꾹 다문 입술이 그렇게 말하고 있었다.

"왜, 왜 떠나려는 거야?"

"지긋지긋하거든, 이딴 곳. 여기서 외계인으로 살다가는 평생이 지옥을 벗어나지 못할 거야. 제사장님 말씀으로는 우리 별, 이제 완전히 안전하대. 공기도 맑고 물도 깨끗해졌나 봐."

"나는 어쩌고?"

제사장이 어떻게 그런 것까지 알고 있느냐고 묻는 대신에 나는 멍청한 질문을 하고 말았다. 그리고 그 순간이 되어서야 내가 소희를 얼마나 사랑하고 있는지 깨달을 수 있었다. 소희가 없는 삶을 상상하자마자 머리보다도 더 심하게 가슴이 아파 왔다.

"그래서 망설였어. 너 때문에. 네가 쓴 소설을 더는 읽을 수 없게 되는 게 싫었거든."

"소설 따위 이제 안 쓸 거야. 어차피 태블릿도 부서졌는걸."

"아니야. 넌 계속 써야 해. 외계인 여자친구를 구하는 멋진 지구인 소년 이야기를 쓴다고 약속했잖아."

"읽어 줄 사람도 없잖아."

"돌아올게. 아빠와 함께 멋진 우주선을 타고 돌아올게."

"난 이해하기 힘들어. 우주선 없이 어떻게 간다는 건지. 가능한 일이 아니잖아."

"그런 말 하지 마. 그건 불신자들이나 하는 말이야. 믿어야 갈 수 있어. 혼혈인 나도 간절하게 믿으면 그곳에 갈 수 있다고 하셨어."

언제나 흔들림 없고 이성적이던 소희는 사라졌다. 아니, 딴 사람이 되었다. 내가 모르는 사이에 소희의 내면 어딘가가 차츰 변했던 것이다. 투명하고 맑던 눈동자 속에 시뻘건 광기가 들어차 활활 타오르고 있었다. 나는 침을 삼켰다. 아랫도리는 어느새 다시 작아졌다.

"그러니까 날 좀 도와줘. 언제나 그랬던 것처럼."

소희는 내 눈을 똑바로 들여다보며 말했다.

"내가…… 어떻게?"

오직 믿음으로만 우주를 여행할 수 있다고 말하는 소희에게 내가 어떤 도움을 줄 수 있을지 감이 오지 않았다.

"들어 봐. 이건 너한테도 좋은 일이야."

소희는 쿡쿡 웃더니 내 귀에다 대고 조용조용 속삭였다.

"엄마로는 부족해서 말이야……."

그날 저녁 나는 녀석들을 불러냈다. 악마들, 범죄자들, 쓰레기들, 게임과 야동 생각만 하는 여드름쟁이들을.

별로 어려운 일은 아니었다. 한 놈의 SNS에 비공개로 약 올리는 말을 적었을 뿐이었다. 그래도 혹시 몰라 부모님 욕까지 섞

었더니 일곱 명 전원이 걸려들었다.

"이 새끼가 미쳤나…… 외계인 년은 어디 있어?"

하나같이 벌겋게 상기된 얼굴로 귀에서 증기라도 내뿜을 것 같은 표정을 한 채 으르렁거렸다. 일곱 명 모두 다가올 운명에 대해서는 짐작조차 못 하고 있는 게 분명했다. 중학교 2학년 시절에는 당연한 일이었다. 일곱이나 모여 있으면 세상 무서울 게 없으니까.

"난 이렇게까지 하고 싶지는 않았어."

나는 멀찌감치 떨어져서 말했다. 여전히 머리가 아팠고 그 덕분에 녀석들에 대한 증오를 조금 더 불태울 수 있었다.

"뭐라는 거야?"

"근데. 어쩔 수 없어. 사랑하는 여자를 위해서라면."

멋진 말이라고 생각했다. 언젠가 꼭 소설에 써 먹으리라.

"너 오늘 진짜 죽었어!"

가장 덩치가 큰 놈이 내게로 성큼성큼 다가왔다. 여름밤이라고 하기에는 무척 어두웠다. 보호구역 근처의 오래된 공원이었다. 변변한 시설도 없는데다가 가로등도 하나뿐이라 찾는 사람이 거의 없는, 그야말로 누가 죽어 나가도 모를 그런 곳이었다. 어쩌면 보호구역에서 새어 나온 어둠이 공원 전체를 물들인 걸지도 모른다.

인기척이 들렸다. 한두 명이 아니었다. 둔해 빠진 녀석들도 알아챌 만큼 소리가 컸다. 곧 어둠 속에서 형광빛 얼굴들이 하나 둘 나타났다. 수십 명은 되는 것 같았다. 낯익은 얼굴도 있었다. 내게 손짓하던 그 노인이었다. 소희도 모습을 드러냈다.

"뭐, 뭐야?"

녀석들 중 한 명이 불안한 목소리로 소리쳤다.

"생각보다 많이 모았네."

소희는 기쁜 듯 환하게 웃었다. 다른 안드로메다인들도 웃고 있었다. 손에 날카로운 칼을 들고 있는 이들은 분명 제사장이리라.

별에 가려면 제사장님들께 드릴 선물이 필요해.

소희는 내게 속삭였다. 그놈들이 사라진다면 너도 좋지 않겠어? 나는 거절할 수가 없었다. 소희의 꿈을 꺾어 버리고 싶지 않았다. 당장 몇 시간 후에 실패한다고 해도 이 순간만큼은 희망을 주고 싶었다. 희망을 선사하는 것, 그게 바로 사랑하는 이의 자세였다.

"도망가자!"

전교에서 싸움을 제일 잘한다는 녀석이 역시나 제일 먼저 줄행랑을 쳤다. 하지만 곧 안드로메다인들에게 붙잡혔다. 일곱 명 모두, 외계인들의 긴 팔에 휘감겨 꼼짝도 하지 못했다. 비명을 지르는 것도 잠깐이었다. 제사장 중 한 명이 날카로운 칼을 들이대자 입을 벌린 채 얼어붙어 버렸다.

"오늘은 마지막으로 잔치를 열 수 있겠군요."

가장 화려하게 옷을 차려입은 제사장이 미소를 지으며 말했다. 그 말이 떨어지기 무섭게 안드로메다인들은 녀석들을 안아들고 이동하기 시작했다. 나는 다리가 덜덜 떨렸지만 꾹 참고 서 있었다. 소희가 나를 향해 걸어왔다. 흥분해서 번쩍번쩍 빛나는 소희의 얼굴은 밤하늘에 뜬 보름달처럼 보였다.

"고마워."

소희가 말했다.

"거기서도 행복해야 해."

내가 해 줄 말은 그것뿐이었다. 그곳엔 괴롭히는 사람도, 가난한 삶도, 억지로 웃어야 하는 현실도 없을 테니 최선을 다해 행복해져라.

나머지 말은 그저 속으로만 했다. 비명이 들렸다. 소희는 내게 고개를 끄덕여 보인 후 비명이 들리는 곳으로, 공원과 맞닿아 있는 보호구역 안의 허름한 건물로 달려가 버렸다. 바람처럼, 한 번도 뒤돌아보지 않고. 내가 소희를 본 건 그게 마지막이었다.

그날 보호구역에서 무슨 일이 있었던 건지 지구인 중 그 누구도 확실히 알지 못했다. 보호구역 안에 있는 회관에 불이 났고 안드로메다인 수백 명이 새까맣게 타 죽었다. 서로 손을 맞잡은 자세였다고 한다. 추측성 기사가 난무했다. 살아남은 안드로메다인들은 모두 입을 꾹 다물었다. 회관에서 솟아오른 불길과

연기는 하늘 높이 올라가 보름달에 닿을 듯 넘실거렸다. 형광빛 연기는 우리 집에서도 똑똑히 보였다. 워낙 많은 안드로메다인이 한 번에 죽은 탓에 동네에서 실종된 중학교 2학년 일곱 명에 대한 기사는 금세 자취를 감추었다.

세월이 흘렀다. 나는 학교를 졸업하고 별 볼일 없는 직장인이 되었다. 틈틈이 소설을 쓰긴 했지만 누구에게도 보여 주지 않았다. 나아진 건 없었다. 오히려 더 나빠졌다. 해마다 여름이 되면 찌는 듯한 무더위와 함께 엄청난 양의 비가 쏟아졌다. 그런 계절이 오면 세상은 소희네 집처럼 습기와 열기로 가득했다.

나는 가끔 소희를 생각했다. 밤하늘을 올려다볼 때면, 저 멀리 250만 광년 떨어진 안드로메다은하의 작은 별에서 똑같이 하늘을 보며 내 생각을 하고 있을지도 모를 소희의 얼굴을 그려 봤다.

소희는 그날 녀석들을 먹었을까?

소희는 정말로 나랑 자고 싶었던 걸까?

소희는 진심으로 믿었던 걸까?

소희는 나를…… 진짜 사랑했던 걸까?

그런 생각을 할 때면 나는 꼭 배를 잡고 웃는다. 내 웃음소리가 지구를 넘어 J28516849까지 닿기를 바라면서 미친 듯이 크게 웃는다. 그렇게 웃으면, 늘 주위를 떠나지 않는 그 녀석들이 이상하다는 듯 나를 바라본다. 배가 갈려서 장기가 몽땅 빠져 나간 그때 모습 그대로인 채로.

우요토록 사랑한다는 것

짝사랑하던 여자애가 있었습니다. 중학교 2학년 때였습니다. 지금에 와서는 얼굴도 기억나지 않지만 그때는 세상 모든 게 온통 그 애로 연결되었습니다. 우리 학교는 남녀공학이었지만 남학생과 여학생 반이 각각 달랐습니다. 시골 중학교가 모두 그랬는지는 모르겠습니다. 아무튼 우리 학교는 그랬고, 그런 이유 때문에 짝사랑하는 여자애를 보려면 다른 반 앞을 수시로 서성여야 했습니다. 먼발치에서라도 그 애를 본 날이면 하루가 온통 행복했습니다. 반대의 경우에는 아무리 기쁜 일이 있어도 즐겁지가 않았습니다.

그렇게 사랑의 열병을 앓다가 결국 용기를 내기로 했습니다. 마음을 담은 편지를 적은 것이죠. 그때만 해도, 아니 그 후로도 꽤 오랫동안 편지는 사랑을 고백하는 유용한 방법이었습니다. 지금이야 SNS로도 불쑥 고백을 하게 되었습니다만.

아무튼 읍내로 나가 고민에 고민을 거듭한 끝에 편지지를 고르고 그 위에다가 또박또박 마음을 적어 내려가는 동안 내 마음은 더욱 깊어졌습니다. 이런 게 바로 사랑이라고 확신했습니다. 편지는 거의 2주에 걸쳐 완성되었습니다. 그럴 수밖에요, 매일 조금씩 썼으니까요. 마치 일기처럼.

드디어 편지를 전해 주기로 마음먹었습니다. 더 이상 끌었다가는 부푼 가슴이 뻥, 터져 버릴 것만 같았으니까요.

그런데 정말로 영화 같은 일이 벌어졌습니다. 짝사랑 여자애가 전학을 간 것입니다. 저는 편지를 너무나도 열심히 쓰느라 그런 사실도 몰랐습니다. 바보, 멍청이, 모자란 놈……. 아무리 자책을 해 봐야 소용없는 일이었습니다. 휴대전화는커녕 삐삐도 없을 때였습니다. 연락처 따위 알 길이 없었습니다.

조금은 바보 같고 어설펐던 짝사랑은 그렇게 끝나 버렸습니다. 그 후로 한동안 몹시 아팠지만 결국 시간이 모든 걸 해결해 주었습니다. 크게만 느껴졌던 상처도 차츰 아물었습니다. 대신에 끝내 이루지 못한 짝사랑이 던져 준 깨달음만은 머릿속에 선명하게 남았습니다.

사랑은 아프다.

평범하지만, 종종 잊고 마는 그 진리를 이 작품 「안드로메다 소녀」를 쓰면서 다시금 되새겼습니다. 까까머리 소년이었던 중학교 2학년 때나, 한 여자의 남편이요 한 아이의 아버지가 된 지금이나 사랑 때문에 아픈 건 똑같습니다. 조금도 익숙해지지 않았습니다. 누군가를 사랑한다는 건 아픔을 감내해야 하는 일입니다. 한 번의 달콤한 행복을 위해서 아홉 번의 뼈저린 고통을 참아야 하는 일입니다. 그렇기에 더 심사숙고해야 하는 일이기도 합니다.

꼭 한 번 아프고 힘든 소년과 소녀가 서로 사랑하는 이야기를, 그럼에도 끝내 이루어지지 않는 이야기를 써 보고 싶었습니다. 「안드로메다 소녀」는 그렇게 해서 시작된 이야기입니다. 처음에는 말랑말랑하고 부드러운 이야기였으나 몇 번씩 고쳐 쓴 끝에 지금처럼 어두운 작품이 되고 말았습니다. 이야기는 그 자체로 생명력을 가지고 있다고 믿는 사람으로서, 지금의 분위기와 결말에 어느 정도 수긍합니다. 주인공 소년과 소희는 딱 이만큼의 사랑을 하고 싶었던 게 아닌가, 그런 생각을 해 봅니다.

사랑은 아프고, 때로는 비극으로 끝나지만 그럼에도 불구하고 누군가를 '아프도록' 사랑한다는 건 참 멋진 일입니다. 그 점 하나만은 알아주셨으면 좋겠습니다. 다른 건 다 몰라도 주인공 소년이 행복했으리라는 사실 하나만은 작가로서 장담할 수 있으니까요.

어른 되기 힘들다

정명섭

1973년 서울에서 태어났다. 커피를 만드는 바리스타로 일하던 중 글쓰기를 시작했다. 다양한 장르의 글을 쓴다. 장편소설 『폐쇄구역 서울』, 『마의』(공저), 『쓰시마에서 온 소녀』, 역사 교양서 『조선 전쟁 생중계』(공저), 『조선백성실록』, 『조선의 명탐정들』(공저), 『조선직업실록』 등을 펴냈다. 2013년 제1회 직지소설문학상 최우수상을 수상했으며 한국미스터리작가모임에서 활동 중이다.

"일단 성인이 될 때까지 기다려 봐야지. 걸핏하면 어른이 될 때까지 기다리라고 해 놓고 이건 왜 못 기다리는데?"

내 이름은 민준혁, 나이는 30대 후반이다. 어머니에게는 장가도 못 간 백수라고 구박받고 있지만 앞으로 유명해질 추리소설가이자 국내 유일의 탐정 모임인 '김내성 탐정 클럽' 일급 회원이다. 물론 우리나라에 탐정이라는 직업은 존재하지 않는다. 그래서 추리소설가라는 타이틀로 활동하는 경우가 많다. 우리들은 경찰이 신경 쓰지 않는 사건들을 해결하면서 이 사회의 정의를 실현하고 있다. 어머니가 단골 미용실에 가서 엄청나게 아들 자랑을 한 덕분에 이런저런 문의가 들어오는 중이다. 의뢰인은 오지랖 넓은 어머니의 수많은 동생 중 하나였다. 어머니는 그 아줌마를 동섭이 엄마라고 불렀다. 상담은 어머니가 된장국을 끓이고 있는 우리 집 부엌에서 이뤄졌다. 어머니가 한창 저녁 준비로 바쁜 가운데 나는 동섭이 엄마의 얘기를 들었다.

"그러니까 고등학교 다니는 아들의 여자친구를 찾아 달라는 말씀이신가요?"

"글쎄, 그게 여자친군지 뭔지⋯⋯, 하여간 보통 사이가 아닌 건 확실한 것 같아서 말이다."

"요즘 애들이 어떤지 아시잖아요. 제가 학교 다닐 때만 해도……."

애매하게 말끝을 흐리는 동섭이 엄마에게 내 고등학교 시절을 얘기하려다가 입을 다물었다. 사실 군대 시절보다 힘들고 어려웠던 때가 바로 고등학생 시절이었다. 하지 말라는 건 많고, 공부는 끔찍하게 싫었다. 생각에 잠겨 있는 사이 동섭이 엄마는 스마트폰을 꺼내 사진 한 장을 보여 줬다.

"……실은 우연히 동섭이 책상에 있는 수첩에서 이걸 봤단다."

흐릿해서 잘 보이지 않았지만 종이에 연필로 그린 그림이라는 것은 알 수 있었다. 순정만화에나 나올 법한 오글거리는 그림체였다. 내 학창 시절에도 수업시간에 하라는 공부는 안 하고 이런 그림을 그리는 놈들이 종종 있긴 했다. 뿔테 안경을 썼던 나도 그중 하나였다. 그림은 좀 특이했다. 상반신은 단정한 교복 차림의 남자였지만 하반신은 뼈다귀였다. 내가 말없이 스마트폰 화면을 응시하자 동섭이 엄마는 그림 속 남자의 머리 위쪽을 가리켰다.

"여기에 뭔가 적혀 있어."

아이폰을 넘겨받은 나는 손가락으로 화면을 확장시켰다. 그러자 잘 안 보이던 글씨가 확대되면서 뚜렷하게 드러났다.

"My Love K. Y."

사랑하는 사람을 떠올리면서 그릴 만한 그림은 아니었다. 뭐가 뭔지 영문을 몰라 하고 있는데 동섭이 엄마가 소곤거리는 목소리로 말했다.

"나도 꽉 막힌 사람은 아니야. 우리 때도 할 건 다 했으니까 말이야. 그런데 아무래도 상대가 남자애라면……."

내가 조심스럽게 물었다.

"이것만 가지고 동섭이의 성적 취향이 남다르다고 단정할 것까지는 없지 않나요?"

그러자 길게 한숨을 쉬며 잠시 뜸을 들이던 동섭이 엄마가 얼굴을 붉힌 채 얘기했다.

"실은…… 아들 컴퓨터에서 남자들만 나오는 동영상을 찾았다. 그것도 그렇고 학교 공개 수업 때 가서 봤더니 옆자리 남자애 허벅지랑 손을 그렇게 만지더라. 마치 여자친구 스킨십 하는 것처럼 말이야. 그러다 아까 그 사진을 봤으니 어떤 생각이 들겠니?"

동섭이 엄마는 거의 울듯 한 표정이 되어 시선을 내 발치께로 떨어뜨렸다.

극소수긴 했지만 고등학생 시절에도 남자끼리 어울리는 친구들이 있었다. 다들 부모님 방에서 찾아낸 야한 비디오 얘기나 에로 만화에 열을 올릴 때 마치 고고한 학처럼 자기들끼리 팔짱을 끼고 러브레터 비슷한 것을 주고받았다. 그때는 동성애는커녕 여자에 대해서도 몰랐던 시절이라 독특한 애들인가 하고 그냥 넘어갔었다. 어차피 물과 기름처럼 섞이지 않는 아이들이기도 했다. 일이 점점 복잡하게 돌아간다는 생각에 나도 모르게 한숨이 나왔다.

"그러니까 저한테 아드님의 '특별한' 남자친구를 찾아 달라는 겁니까?"

나는 일부러 '특별한'에 힘을 주어 물었다.

"일단 확인을 했으면 좋겠어. 내가 오해하고 있는지도 모르니까 말이야. 지난번 아파트 경비 백씨 사건을 해결했다는 얘기 들었어. 경찰보다 먼저 해결했다면서?"

"그럼! 경찰은 우리 아들 꽁무니만 따라다녔어."

끼어드는 어머니의 말을 재빨리 잘랐다.

"그런 문제는 담임선생님이랑 상의하시는 게 어떨까요?"

"그러다가 소문이라도 잘못 나면 어쩌려고? 내년에 고3 되는데 공부라도 망치면 큰일 나."

숨이 살짝 막혀 왔다.

"그 아이가 있는 문학 동아리를 담당하고 있는 사서선생한테는 살짝 얘기해 봤는데 전혀 모르는 눈치더라. 그렇다고 내 입으로 얘기할 수도 없고 말이야. 오죽하면 내가 너한테까지 부탁하겠니."

"그 애를 찾은 다음에는 어떻게 하실 건데요?"

"만나서 알아듣게 잘 설득해야지. 안 되면 그 애 부모를 만나서 얘기해 보고. 늦둥이라 얼마나 애지중지 키웠는데…… 이렇게 놔둘 수는 없어."

한숨을 쉬는 동섭이 엄마의 얼굴에는 짙은 그림자가 드리워졌다. 어떻게 거절해야 하나 고민하고 있는데 호박을 썰던 어머니의 목소리가 들려왔다.

"걱정 마. 우리 아들이 잘 해결할 거야."

"엄마, 저 요즘 좀 바빠요. 할 일이 엄청나게 밀려……."

어머니의 칼이 호박 대신 도마를 강타하는 소리가 들려왔다. 나는 경고 신호가 들어오자 얼른 말을 바꿨다.

"어떻게 도와 드리면 될까요?"

"다음 주에 아들이 다니는 학교에서 방과 후 학교 수업이 열려. 거기 강사로 추천해 줄 테니까 일단 가서 한번 살펴봐 줄래?"

"절 강사로 추천해 주신다고요?"

그러자 동섭이 엄마가 스마트폰을 핸드백 안에 넣으면서 말했다.

"동섭이 있는 데가 문학 동아리잖아. 가끔 밖에서 소설가나 시인을 초청해서 강의를 듣곤 해. 마침 거기 사서선생이 추리소설 마니아이기도 하고 말이야."

그렇게 사건에 뛰어들게 되었다. 그리고 며칠 후 양척고등학교의 도서관 사서라고 자신을 소개하는 이메일이 한 통 왔다.

"양척고등학교요? 거기 완전 생양아치들이 다니는 꼴통 학교예요."

2천 원짜리 맥도날드 토마토치즈버거를 순식간에 끝장내 버린 개봉동 왓슨이자 개왕중학교 3학년생인 안상태 군은 내 상하이치킨디럭스버거를 매의 눈으로 노려봤다. 나는 버거를 왕창 베어 무는 것으로 응답했다. 그러자 상태가 투덜거렸다.

"자기는 세트 먹고, 나는 2천 원짜리 사 주고."

"패스트푸드 많이 먹으면 키 안 커."

그러자 상태가 나를 위아래로 살펴보면서 이죽거렸다.

"그래서 형 키가……."

주먹이 올라갔지만 꾹 참았다. 사건을 해결하기 위해서는 사전 조사가 필수적이었는데, 학교는 내가 들어갈 수 있는 공간이 아니었기 때문이다.

"쓸데없는 소리 그만하고 조사해 온 거나 얘기해 봐."

그러자 가방에서 수첩을 꺼낸 상태가 한 장씩 넘기면서 얘기했다.

"마침 그 학교에 저랑 친한 1학년 선배가 있어서 토요일 날 만나서 이것저것 물어봤어요. 일단 곽동섭이라는 선배에 대해서 물어봤는데 굉장히 특이하대요."

"어느 부분에서?"

"그러니까, 똑똑하긴 한데 공부에는 별 관심이 없고, 시인인가 소설가가 된다고 매일 시집만 읽고 작가 강연회 찾아다니고 그런데요."

"여자친구는 없고?"

내 물음에 상태는 고개를 저었다.

"그 학교 건너편에 염옥여고라고 있는데 거기 1학년 퀸카가 들이댔는데도 꿈쩍도 안 했대요."

여자 문제로 시작한 상태의 얘기는 동섭이가 속해 있는 문학 동아리인 '펜과 원고지'로 넘어갔다. 나는 감자튀김을 먹으면서 얘기를 들었다. 한마디로 정체불명의 집단이라는 것이다.

"선생부터 학생들까지 죄다 이상하다 이 말이지?"

"동아리 선생이 학교 사서도 겸하고 있는데 완전 노땅 아줌마에 별명이 마녀래요. 도서관에서 거의 살다시피 하면서 결혼은 여자의 무덤이라고 얘기하고 다니다가 교장한테 한 소리 듣고 데꿀멍 했다는 얘기도 들려요."

"데꿀멍은 또 뭐냐?"

"데굴데굴 꿀꿀 멍멍의 줄임말이요. 원래는 헛소리나 개소리라는 뜻이었는데 지금은 상대방 얘기에 한 마디 대꾸도 못 하고 입을 다무는 걸 얘기해요."

"참, 말도 잘 지어낸다."

남은 감자튀김을 먹어 치우면서 중얼거렸다. 그러자 냅킨으로 입을 쓱쓱 닦은 상태가 말했다.

"거기 있는 애들도 자기들끼리만 다니는데 하나같이 랭보니 도종환, 전영관, 황이리 같은 이상한 사람들 얘기만 한데요. 교실에 있는 사물함 말고도 도서관에 자기네들끼리 비밀 사물함 같은 것도 가지고 있다나 봐요."

"이상한 사람들이 아니라 시인들이잖아. 공부 좀 해라. 탐정 조수는 아무나 하는 줄 알아?"

"형 하는 거 보니까 머리 좋은 거랑은 좀 거리가 멀던데요, 뭘."

내가 마시던 빨대로 거리낌 없이 콜라를 쪽쪽거리고 빨아 마신 상태가 심드렁하게 대답했다. 저 버르장머리를 언제 손을 볼지 고민하다가 일에 집중하자고 생각하고는 회의를 마쳤다. 마을버스를 타고 집으로 돌아오는 내내 회색의 뇌세포를 움직여 'KY'의 범위를 줄여 나갔다. 동섭이는 학교와 집만 오가는 전형적인 범생이였다. 그러니까 학교 안에 문제의 'KY'가 있을 가능성이 높았다. 물론 그렇다고 해도 수백 명이 다니는 학교 안에서 하루 만에 찾는 건 소설에서나 가능한 일이었다. 다행히 상태에게서 동섭이 속한 문학동아리인 '펜과 원고지' 얘기를 듣는 순간, 본능적으로 그 안에 'KY'가 있으리라 짐작했다. 오랜 경험에 의한 촉이었다. 집으로 돌아오자마자 컴퓨터를 켰다. 사실 내가 강의를 하게 된 것은 일종의 낙하산이었기 때문에 사서 선생과 부딪칠 각오를 했다. 거기다 문학동아리를 맡았다면 내가 성에 차지 않을 수도 있었다. 사서가 반대해서 강의를 하지 못하고 자연스럽게 사건에서 손을 떼는 시나리오도 나쁘지 않았다. 하지만 첫 번째 온 이메일부터 내 기대는 어긋났다. 사서 아줌마, 그러니까 마녀는 내 작품을 다 읽어 봤다면서 이렇게 인연을 맺게 되어서 너무 반갑다고 호들갑을 떨었다. 천연기념물보다 더 희귀하다는 독자를 엉뚱한 곳에서 만나 얼떨떨하긴 했지만 덕분에 일은 쉽게 돌아갔다. 그러는 사이에도 동섭이 엄마에게서 계속 카톡이 날아왔다. 아들 방을 뒤지고 있는 중이라고 해서 용의자가 낌새를 채면 안 된다고 정중하게 답장을 보냈다. 설마 틴트라도 나올 줄 알았던 모양이다. 나는 강의를 듣는 아이들에 대해서 알아야 한다는 핑계를 대면서 아이들의 이름과 취미 같은 걸 받아 내는 데 성공했다. 문학동아리 '펜과 원고지'에 속한 학생들은 일곱 명이었고, 'KY'라는 철자가 들어간 애들은 모두 두 명, 김경윤과 노기윤이었다. 나는 곧장 상태에게 두 아이에 대해서 알아보라고 지시했다. 그리고 SNS를 하는지 구글링을 해 봤다. 김경윤은 네이버 블로그를 하고 있었지만 거의 방치 상태였고, 노기윤은 트위터를 하고 있었다. 지나간 트윗 내용들을 읽어 봤지만 대부분 학교 다니기 힘들다는 내용이어서 도움이 될 만한 건 없었다. 한참 읽다가 포기하려던 찰나, '만나서 반가웠고 이메일로 사진을 보냈다'는 글에 '고맙다'는 리플을 달아 놓은 것이 보였다. 뭔가 이상하다 싶어서 댓글을 달아 놓은 트위터로 옮겨 갔다. 그 트위터의 주인공은 페이스북도 함께 했는데 그곳에서 중요한 단서들이 보였다. 올해 여름 신촌에서 열린 퀴어 축제를 찍은 사진이 잔뜩 올려져 있었던 것이다. 수십 장의 사진 중에는 노기윤이 누군가와 나란히 서서 팔뚝에 무지개 페인팅을 한 것을 찍은 사진이 보였다. 아마 페이스북 주인이 노기윤과 그의 친구를 찍어 주고 사진을 전송해 준 게 분명했다. 팔뚝들이랑 청바지, 그리고 신발들까지 확인할 수 있었지만 안타깝게도 얼굴은 보이지 않아서 누군지 확인할 수 없었다. 동섭이도 트위터를 하는데 신세 한탄밖에는 없었다. 힘들다. 힘들다. 힘들다. 마치 내 학창시절을 보는 것 같았다. 문득 회색 뇌세포가 맹렬하게 움직이기 시작했다. 아까 노기윤의 트위터에 있던 사진을 다시 확인했다. 그리고 동섭이 엄마에게 카톡을 날려서 몇 가지 확인해 줄 것을 부탁했다.

한 시간쯤 후 동섭이 엄마에게서 카톡이 날아왔다. 사진이 세 장 첨부되어 왔는데 두 장은 동섭이가 입는 청바지를 침대 시트 위에 올려놓고 찍은 것이고 나머지 한 장은 신발장에서 꺼낸 신발이었다. 사진을 보는 순간 나도 모르게 외쳤다.

"빙고!"

반바지들은 모두 게이핏이라 불리는 타이트한 스타일이었고, 신발도 분홍색 뉴발란스였다. 그리고 그 청바지 중 하나와 뉴발란스 신발은 문제의 사진에 찍힌 것과 똑같았다. 적어도 동섭이가 노기윤과 함께 게이핏 반바지와 분홍색 뉴발란스를 신고 신촌 퀴어 축제에 갔던 것은 확실했다. 이제 남은 건 명확한 증거를 찾는 것이었다. 그렇게 조사하는 사이 강연 날짜가 닥쳐 왔다. 주섬주섬 옷을 챙겨 입으면서 동네 문방구에서 복사해 온 강의 자료를 내려다봤다. 작가란 무엇인가가 주제였다. 고르고 고른 푸른색 남방과 면바지를 입고 학교로 향했다. 수업이 끝난 시간이었는지 학교에서는 학생들이 우르르 쏟아져 나오는 중이었다. 비록 흙으로 된 운동장에 우레탄이 깔리고 깨끗한 트랙과 화단이 조성되었다고는 하지만 학생들의 표정은 내가 다닐 때와 다름없이 피곤과 불안에 절어 있었다. 교문 앞에 서서 주변을 두리번거리다가 상태를 발견하고는 소리쳤다.

"야!"

경비실 앞에 서 있던 상태가 시무룩한 표정으로 대꾸했다.

"이 학교 정말 싫은데."

"왜? 이 학교 출신 일진에게 삥이라도 뜯겼냐?"

장난스럽게 묻자 상태가 입을 삐죽 내밀었다.

"작년에 괴롭혔던 선배들이 다 여기로 왔어요."

"그나저나 교복은 어디서 구했냐?"

나는 걸음을 멈추고 상태의 옷 모양을 살폈다. 양척고등학교는 목에 붉은 선이 그어진 회색 니트에 검정색 바지가 교복이었다. 그러자 상태가 혀를 삐죽 내밀었다.

"지난번 그 선배한테 빌렸어요. 근데 교복은 왜 입고 오라고 한 거예요?"

"계획이 있으니까 그런 거지. 가면서 설명할게."

내 계획은 간단했다.

"세 명의 게리뎁."

"그게 뭔데요?"

"코난 도일이 1924년 10월, 『콜리어스 위클리』에 발표한 단편이야. 다음 해 1월에 『스트랜드 매거진』에도 실렸지. 미국의 어떤 부자가 자신과 같은 게리뎁이라는 성을 쓰는 사람을 찾아서 막대한 유산을 남기라는 기묘한 유언을 남겼지."

"그거랑 이거랑 뭔 상관인데요?"

나는 여전히 어리둥절해 하는 상태에게 얘기했다.

"마녀랑 이메일을 주고받다가 알게 되었는데 강의할 장소가 도서관이 아니라고 하더라. 그리고 지난번에 네가 나한테 걔네들이 도서관에 비공식 사물함을 하나씩 가지고 있다고 했잖아."

"그 안에 뭔가 있을 거라고요?"

"그래. 게리뎁을 찾는 소동을 벌인 이유도 결국은 게리뎁이 아니라 그 집에 있었거든. 내가 강연하는 동안 넌 도서관 안에 숨어 있다가 사물함을 뒤져서 증거를 찾는 게 내 계획이야. 동섭이 사물함에서 'KY'가 누구인지 알 수 있을 증거를 찾아 봐. 아! 그러고 보니까 「빨간머리연맹」이랑도 비슷하네."

"시대가 언젠데 아직도 셜록 홈스 타령이에요."

입을 삐죽 내민 상태가 운동장을 바라보면서 툴툴거렸다. 그러다 뭔가 생각난 표정으로 말했다.

"내가 잠입 수사하는 동안 형은 그냥 강연만 할 거에요? 그럼 뭔가 불공평하잖아요."

"게이더라는 말 아니?"

"아뇨."

"게이와 레이더의 합성어야. 그러니까 외모나 행동 같은 걸 보고 상대방이 동성애자인지 아닌지 판단하는 거지. 강연하는 동안 동섭이가 진짜 동성애자인지 아닌지, 그리고 'KY'가 누구인지 알아낼 생각이야. 네가 하는 건 내 직감으로 찾아낸 것에 대해서 움직일 수 없는 증거를 찾아내는 거야. 오케이?"

녀석이 마지못한 표정으로 고개를 끄덕거렸다.

고척동에 있는 양척고등학교는 주변에 아파트 단지가 들어서면서 계속 증축을 거듭했다. 덕분에 본관과 별관, 그리고 신관, 강당까지 마구 들어섰다. 켄타우로스의 미로를 뺨치는 복도와

계단을 이리저리 지나서 마법처럼 도서관이 나타났다. 문을 열고 들어가자 생각보다 넓은 공간이 모습을 드러냈다. 늦가을 햇살이 창문을 통해 고스란히 흘러들어 와서 서가와 의자, 그리고 책들을 적셨다. 예전에 다녔던 학교의 도서관처럼 교실 하나 정도 크기를 생각했던 나로서는 어안이 벙벙할 수밖에 없었다. 문앞에서 그렇게 머뭇거리는데 사무적인 목소리가 들려왔다.

"민준혁 선생님?"

고개를 돌리자 문제의 사서, 양척고등학교 도서관에 사는 마녀선생이 보였다. 작고 아담한 체구로, 나이는 대략 50대 중후반으로 보였다. 남색 계열 투피스를 입었는데 두툼한 뿔테 안경을 써서 되게 학구적으로 보였다. 내가 가볍게 고개를 끄덕거리며 인사하자 마녀선생은 촌스럽게 생긴 벽시계를 보면서 말했다.

"시간을 딱 맞춰서 오셨네요."

"사실 여유 있게 도착했는데 학교 안에서 좀 헤맸습니다."

"학교가 미로 같죠. 따라오세요. 애들이 기다리고 있어요."

그러면서 도서관에 남아 있는 학생들에게 문을 닫을 거니까 그만 나가라고 얘기했다. 그러자 드문드문 앉아 있던 학생들이 가방을 집어 들고 밖으로 나왔다. 마녀선생은 도서관의 불을 끄고 문을 닫으려다 말고 고개를 갸웃거렸다.

"아까 선생님이랑 같이 들어온 학생 못 보셨어요?"

"저랑 같이 들어온 학생이요? 잘 모르겠는데요."

고개를 절레절레 흔들면서 시간이 없다는 듯 눈길로 재촉했다. 그러자 마녀선생은 전자도어락으로 문을 잠그고 앞장서 걸었다. 한숨 돌린 나는 굳게 잠긴 도서관 문을 힐끔거렸다. 이제 탐정으로서의 내 운명은 버르장머리 없는 중3짜리 꼬마애의 손에 달려 있는 셈이었다. 계단을 통해 한 층 위로 올라간 마녀선생은 강의실이라는 팻말이 붙은 곳의 문을 열었다. 강의실은 극장처럼 좌석이 경사지게 배치되어 있고, 무대처럼 꾸며진 앞쪽 구석에는 전자 교탁이라는 괴물이 있었다. 빔 스크린이 내려져 있는 상태라서 바로 강의를 시작할 수 있었다. 문제의 문학 동아리인 '펜과 원고지'에 속한 학생들은 제일 앞줄에 주르륵 앉아 있다가 문이 열리는 소리를 듣고는 일제히 고개를 돌렸다. 마녀선생은 무대 쪽으로 가면서 고개를 돌린 아이들을 훑어봤다. 창백하고 핏기 없는 여드름투성이 얼굴에서 무거운 피로가 느껴졌다. 아이들은 모두 일곱 명이었고, 동섭은 오른쪽에서 두 번째 자리에 앉아 있었다. 카톡음이 울렸다. 호주머니에 넣어 두었던 스마트폰을 슬쩍 꺼냈다. '잠입 완료'라는 문구가 보였다. 일단 시작은 순조로웠다. 한숨 돌리는 사이 마녀선생이 무대 아래 서서 말했다.

"자, 오늘 방과 후 학교 수업은 지난번에 얘기한 것처럼 추리소설가 민준혁 작가님을 모시고 진행하겠습니다. 민준혁 작가님은……."

그 뒤로 내가 쓴 작품들과 몇몇 수상작들에 대한 얘기들이 흘러나왔다. 그러자 아이들의 표정과 몸가짐이 바뀌었다. 소개가 끝나자 허리를 굽혀서 인사를 했다. 그리고 전자 교탁 쪽으로 다가가서 USB를 꽂았다. 그러자 스크린에 내가 저장해 두었던 강의 자료들이 주르륵 떴다. 화면을 넘길 리모컨을 쥐고 무대 중앙으로 나갔다. 강연은 도서관이나 학교에서 제법 했던 편이라 크게 떨리지 않았지만 문제는 강연 중에 내가 할 일이었다. 내가 상태만 믿고 손을 놓고 있을 건 아니었다. 셜록 홈스부터 김전일까지, 세기의 탐정들이 용의자들을 모두 모아 놓고 일장 연설 했던 것은 시간이 남아돌거나 작가가 쓸 얘기가 없어서가 아니었다. 아무리 완전범죄를 자부하는 범인들도 내심 불안해 하기 마련이었고, 당연히 탐정이 과연 어디까지 알고 있을지 궁금해 했다. 그 불안과 호기심이 사소한 실수를 낳게 되는데 탐정은 그걸 놓치지 않고 잡아내는 것이다. 나는 강연을 하면서 동섭이가 정말 동성애자인지 아닌지 알아볼 예정이었다. 이른바 게이더라는 것으로 말이다. 그래서 일부러 강연 소주제 중 하나를 '문학 속에 나타난 동성애'로 잡았다. 앞부분을 대략 설명하고 리모컨을 누르자 레오나르도 디카프리오가 천재 시인 랭보로 나왔던 〈토탈 이클립스〉 포스터가 나왔다. 그러면서 애들 표정을 유심히 살폈다. 하지만 마녀선생의 얼굴이 살짝 어두워진 걸 빼고는 별다른 변화는 없었다. 랭보와 마들렌의 관계를 설명하는 부분에서도 다들 포커페이스였다. 결국 강연이 끝날 때까지 나는 원하는 걸 찾아낼 수 없었다. 의례적인 박수가 흘러나오는 가운데 다소 허탈한 상태로 무대를 내려오는 내게 마녀선생이 말했다.

"강의 잘 들었습니다. 따라오시죠. 도서관에 가서 서류를 좀 작성할 게 있어요."

계단을 내려가는 마녀선생 뒤를 따라가면서 조심스럽게 스마트폰을 들여다봤다. 카톡에는 상태가 도서관에 있는 동섭이의 사물함을 뒤진 사진들이 올려져 있었다. 바보같이 초점을 잘 맞추지 못했지만 뭔지는 쉽게 알아볼 수 있었다. 상태가 보내온 사진들을 넘겨 보는 사이 계단을 다 내려온 마녀선생이 도서관 문을 열기 위해 전자 도어락 번호를 눌렀다. 나는 뒤에 서서 조용히 말했다.

"사랑은 증오보다 강하다."

전자도어락을 여는 소리가 멈췄다. 마녀선생이 조용히 뒤를 돌아봤다.

"그게 무슨 얘긴가요?"

"올해 신촌 퀴어 축제의 슬로건이었죠. 아이들이 그곳에 갔었는데 모르셨나 보군요."

"무슨 말씀이신지 모르겠네요."

날선 표정으로 대꾸한 마녀선생이 신경질적으로 전자도어락을 해제하고 도서관 문을 열었다. 그리고 도서관 안에 남아서 사물함을 뒤졌던 상태를 보고는 짧게 비명을 질렀다. 상태의 손에는 '펜과 원고지' 아이들이 신촌 퀴어 축제에 가서 사 온 무지개 모양의 선글라스와 배지들이 들려 있었다. 그 모습을 본 마녀선생이 마른침을 삼켰다. 조용히 문을 닫은 나는 마녀선생 앞에 섰다.

"처음에는 동섭이와 'KY'라고 불리는 아이만 동성애자인 줄 알았습니다. 그런데 아이들 사물함 안에서 모두 똑같은 선글라스와 배지들이 나왔더군요."

사실 상태가 보내 준 카톡 사진을 보고 너무 놀라서 하마터면 계단에서 구를 뻔했다. 동섭이와 'KY'뿐만 아니라 다른 다섯 명 모두 동성애자였던 것이다. 거기다 상태는 예상 밖의 물건도 하나 찾아냈다. 나는 상태가 건네준 노트를 펼쳐서 읽었다.

"청소년 동성애자는 실제로 존재합니다. 청소년기는 성적 정체성이 확립되지 않은 시기이므로 청소년 동성애자가 없다고 한다면 청소년기에는 이성애자도 없어야 하기 때문입니다. 당연하게도 청소년들 역시 성적인 이끌림을 경험하면서 자신의 성적 정체성을 인식해 나가고 있는 것입니다."

그리고 마녀선생 앞에서 노트를 흔들었다.

"'친구사이'에서 배포한 청소년 동성애자 인권을 위한 교사 지침서에 나오는 내용입니다. 선생님이 출력하셔서 제본한 이 노트에도 나오니까 잘 알고 계실 텐데요."

눈을 동그랗게 뜬 마녀선생이 두 손을 모으고 어찌할 바를 몰라 했다. 그리고 한동안 침묵이 흘렀다. 그러는 사이에도 복도에는 남학생들이 재잘거리면서 오갔다. 그중 몇 명이 인사를 하는지 고개를 끄덕거리며 눈을 맞추던 마녀선생이 말했다.

"학교 정문에서 쭉 내려가면 큰길 오른쪽 2층에 카페가 있어요. 거기 2층에서 기다리시면 정리하고 가겠습니다."

약속장소로 가기 위해 학교를 나서는데 상태가 갑자기 옆구리를 찔렀다. 그리고 운동장 한쪽 구석에 있는 농구장을 가리켰다. 그곳에는 아까 강의를 들었던 '펜과 원고지' 회원들이 옹기종기 모여서 반코트 농구를 하는 중이었다. 나름 열심히 하고는 있었지만 고등학교 시절 『슬램덩크』에 푹 빠져서 농구장에서 살다시피 하던 내 눈에는 영 어설프고 성의가 없어 보였다. 진짜 재미있어서 하는 게 아니라 마치 누군가에게 보여 주기 위해 마지못해 하는 것 같았다. 그러다 농구공을 집느라 허리를 굽혔던 곽동섭과 눈이 마주쳤다. 예의 바르게 인사를 한 동섭이 공을 팅기면서 친구들에게 돌아갔다. 마녀선생이 얘기한 카페 앞에 도착한 나는 상태에게 말했다.

"고생했다. 이제 가도 돼."

"나도 옆에 있으면 안 돼요?"

"어른들 얘기야. 끝나고 알려 줄게."

입이 나온 상태를 달래서 돌려보낸 다음 2층으로 올라갔다. 방금 로스팅을 했는지 커피 볶은 냄새가 훅 끼쳐 왔다. 마침 창가 자리가 비어 있어서 그곳에 앉자 학교가 보였다. 30분쯤 후에 마녀선생이 계단을 올라왔다. 자리에 앉은 마녀선생은 다가오는 여자 아르바이트생은 쳐다보지도 않고 커피 두 잔을 시켰다. 그녀는 말없이 테이블을 내려다봤다. 나이 차이만 나지 않았다면 영락없이 심각한 얘기를 나누는 커플처럼 보일 게 뻔했다. 일단 어떻게 이번 일을 조사하게 되었는지 들려주었다. 얘기를 들은 마녀선생이 긴 한숨과 함께 푸념을 늘어놨다.

"아들이 이상하다고 전화가 왔을 때 좀 더 세게 얘기할걸 그랬나 봐요."

그러고는 지갑에서 낡은 증명사진을 한 장 꺼내서 테이블 위에 올려놨다. 눈썹 위로 가지런히 머리를 정리한 사진 속 남학생은 카메라를 향해 어설프게 웃고 있었다.

"외아들 우식이예요."

"네? 아들이 있으셨어요?"

마녀선생이 쓴웃음을 지었다.

"남편은 결혼하고 1년 만에 심장병으로 세상을 떠났어요. 달랑 아들 하나 남겨 놓고 말이죠. 학교 선생 노릇하면서 아들 키우는 재미로 살았죠. 그러다 아들 녀석이 고2일 때, 담임선생 전화를 받았어요. 제 아들이……."

 마녀선생은 얘기하던 중에 눈물을 보이고 말았다. 당황한 나는 테이블에 놓인 냅킨을 건넸다. 그리고 때마침 커피를 가져온 아르바이트생은 조용히 잔을 내려놓고는 서둘러 자리를 떴다. 그사이 어느 정도 진정을 한 마녀선생이 얘기를 이어 갔다.

 "우식이가 행동이 좀 이상해서 상담을 했더니 자기는 여자보다 남자가 더 좋다고 얘기했다면서 잘 살피는 게 좋겠다는 내용이었어요. 젊은 나이에 남편 잃고 아들 하나 믿고 살았는데 하늘이 무너지는 기분이었어요."

 어떤 심정이었는지는 충분히 이해가 갔다. 커피를 한 모금 마신 마녀선생의 얘기는 이어졌다.

 "어떻게 해야 할지 몰라서 우식이를 붙잡고 그냥 울기만 했어요. 착한 우식이는 알았다고, 걱정하지 말라고 저를 안심시켰어요. 그러다 고3 여름방학 때였을 거예요. 문자가 왔어요. ……착한 아들이 되고 싶었는데 미안하다고요. 놀래서 전화를 했지만 학교 옥상에서 뛰어내린 다음이었어요. 알고 보니 담임선생을 통해 아웃팅이 되면서 학교에서 온갖 놀림과 조롱을 받았더라고요. 심지어는 일진 애들이 교실에서 바지를 벗긴 적도 있었대요. 그 일을 겪고 나니까 제 눈에 우식이랑 비슷한 아이들이 보이더군요."

 "그럼 아까 그 아이들도……."

마녀선생은 대답 대신 고개를 끄덕거렸다.

"생각보다 많군요."

"동성애는 학교에서 공기 취급을 받아요. 분명 존재하지만 다들 안 보이고 없는 것처럼 취급하죠. 저 역시 그랬으니까요. 동섭이는 1학년 겨울방학 때 저를 찾아왔어요."

얘기를 듣자 마녀선생이 학교에서 뭘 하고 있는지 어렴풋하게 짐작되었다. 그녀는 자기 아들처럼 혼란을 겪고 있는 애들을 보호하고 있던 중이었다.

"학교에 괴짜라고 소문을 낸 것도 일부러 그런 거군요."

한숨을 쉰 그녀가 대답했다.

"맞아요. 그렇게 하면 다들 별 관심을 안 가져 지내기 편하거든요. 사실 성적 호기심이 왕성한 또래 아이들 사이에서는 우리 아들 같은 존재는 금방 눈에 띄어요. 소외되고 차별받죠. 주도하는 아이들은 얼마 없지만 나머지 아이들은 같은 취급을 받을까 봐 암묵적으로 동조해요. 그래서 일단 그런 아이들만 따로 모았어요. 적어도 뭉쳐 다니면 손가락질은 받아도 직접적인 위협을 당하지는 않으니까요."

그때서야 아이들이 성의 없는 농구를 했던 이유를 알 것 같았다. 조금이나마 의심의 눈길을 덜려고 한 것이다. 아직 세상 밖으로 나오지도 않은 아이들이 차별과 폭력에 맞서 자신을 지키기 위해 험난한 싸움을 하는 중이었다. 문득 미안하고 안타까운 생각이 들었다. 마녀선생이 말했다.

"아이들에게 말했어요. 아직 어른이 아니니까 스스로의 힘으로 설 수 있을 때까지 기다리자고요. 적어도 내 아들처럼 주변의 괴롭힘에 힘들어 하다가 목숨을 끊는 일은 어떻게든 막고 싶었어요."

결국 밝혀진 진실은 초라하면서도 당당했다. 마녀선생은 나를 뚫어지게 바라보면서 물었다.

"동섭이 어머니에게 얘기하실 건가요?"

"탐정은 진실을 밝혀야 할 의무가 있습니다."

대답을 들은 마녀선생은 아무 말 없이 커피 잔을 들었다.

다음 날, 나는 영등포 타임스퀘어 4층에 있는 카페 마마스에 앉아 있었다. 약속시간에 딱 맞춰서 나타난 동섭이 엄마의 얼굴에는 초조와 불안이 엉켜 있었다. 내 옆자리에는 상태가 앉아 있었다. 자리에 앉은 동섭이 엄마가 물었다.

"찾았니?"

나는 일단 차부터 시키자면서 슬쩍 방향을 돌렸다. 메뉴판을 펼쳐서 커피와 주스를 고른 후에 카운터에 가서 계산을 하고 진동 벨을 받아 왔다. 내가 바로 얘기하지 않을 걸 눈치챘는지 동섭이 엄마도 더 이상 채근하지 않았다. 잠시 후 진동 벨이 울리고 상태가 가서 주문한 음료수를 받아 왔다. 상태가 냉큼 청포도 주스를 마시는 사이 나는 천천히 입을 열었다.

"아드님에 대한 조사를 마쳤습니다."

내 얘기를 들은 동섭이 엄마는 바짝 긴장한 눈빛으로 다음 얘기를 기다렸다. 나는 말을 하는 대신 뒤를 바라봤다. 미리 연락을 받은 동섭이는 쭈뼛거리면서 서 있었다. 손짓으로 불러서 빈자리에 앉도록 한 다음에 조용히 얘기했다.

"네가 직접 말씀드리는 게 좋겠다."

그러자 머뭇거리던 동섭이 조심스럽게 입을 열었다.

"엄마. 사실은 있잖아요. 저 여자친구가 있어요."

두 사람이 얘기를 나누는 사이 나는 조용히 일어나서 자리를 떴다. 동섭이는 어머니에게 여자친구가 틴트를 좋아해서 선물을 사기 위해 이런저런 거짓말을 했다고 할 것이다. 물론 여자친구 이름의 약자는 KY였다. 문제의 그림은 그냥 공부하다 심심해서 그린 것이라면서 비슷한 그림을 여러 개 보여 줄 것이다. 두 사람이 얘기하는 사이 나는 가방을 어깨에 메고 아래층으로 내려가는 에스컬레이터를 탔다. 운동장만큼 넓은 홀에는 수많은 사람들이 오가는 게 보였다. 그때 뒤에서 상태의 목소리가 들려왔다.

"비겁해요."

"뭐가?"

고개도 돌리지 않고 대꾸하자 상태가 옆으로 냉큼 다가들었다.

"두 사람한테 떠넘겼잖아요. 그것도 모자라서 거짓말까지 하게 만들고요."

"쇼스콤 관."

"뭐라고요?"

나는 가볍게 머리를 쥐어박는 시늉을 했다.

"공부 좀 해. 「쇼스콤 관」은 코난 도일이 1927년에 발표한 단편이야. 천하의 셜록 홈스도 범인이 불쌍하거나 사정이 있으면 눈감아 주거나 기다려 주곤 했어. 최소한 저 아이가 커서 스스로 뭔가를 결정할 때까지는 우리 어른들이 기다려 줘야지. 앞으로 험난한 인생을 살아가야 하는데 말이야."

어젯밤, 고민을 거듭하다가 마녀선생에게 전화를 했다. 전화를 받은 마녀선생은 일단 지금으로서는 보호하는 게 최선이라고 말했다.

"거짓말하라는 게 아니에요. 자신의 성 정체성이 다른 사람들과 다르다는 걸 알면 아이들은 극심한 혼란에 빠져요. 그런 상황에서 본의 아니게 아웃팅이 되는 것만큼은 피해야만 해요. 성인 동성애자도 쉽게 커밍아웃을 못 하는 사회예요. 하물며 학생들은 더 신중해야 한다는 뜻이에요."

전화를 끊고 고민하다가 마녀선생의 판단에 따랐다. 숨기는 게 최선은 아니라고 해도 지금으로서는 그것만이 해 줄 수 있는 최선의 방법이었기 때문이다.

"일단 성인이 될 때까지 기다려 봐야지. 걸핏하면 어른이 될 때까지 기다리라고 해 놓고 이건 왜 못 기다리는데?"

상태도 고개를 끄덕거렸다. 이번 수사는 책으로 쓰지도 못하고 탐정클럽의 동료들에게도 얘기하지 못할 실패담이었다. 나는 상태의 머리를 쓰다듬으면서 조용히 중얼거렸다.

"예나 지금이나 어른 되기 참 힘든 세상이다."

"어른이 되는 세상" 어른이 되기

어른이 된 지 한참인 저에게 청소년을 이해할 만한 글을 쓴다는 것은 쉽지 않은 일입니다. 다소 낯설고 파격적인 소재를 선택하고, 청소년이 아닌 성인을 주인공으로 내세운 것은 이런 고민들이 만들어 낸 결과물입니다. 일단 곁에서 지켜보는 것으로 이야기를 시작하고 싶었거든요. 제 이야기는 낯설고 받아들이기 힘든 주제일 수밖에 없습니다. 하지만 지금 이 순간에도 이 소설의 주인공과 같은 고민을 하는 친구들이 존재하고 있을 겁니다. 그리고 글은 그렇게 미처 불빛이 가닿지 못한 곳을 보여 주는 조명 같은 역할을 해야 한다는 믿음이 이 단편을 쓰게 된 계기가 되었습니다. 저의 청소년 시절을 돌이켜 보면 아무것도 없던 시절이었습니다. 이유를 알 수 없었고, 아무도 알려 주지 않았던 공부를 하느라 파김치가 되었고, 주변에서는 하지 말아야 할 것들에 대해서만 끝없이 얘기했습니다. 숨 쉬는 것조차 어려웠던 그 시기는 지금도 기억하기 싫은 시절로 남아 있습니다. 그래도 시간이 지나면 조금씩 나아지지 않을까 하고 막연하게 기대했습니다. 하지만 최근 이런저런 사건들을 통해 바라본 학교는 예전과 다를 바가 없더군요. 어른들은 여전히 자신의 틀 안에 청소년들을 가둬 두고 있고, 청소년들은 그 안에서 조금씩 말라 가고 있습니다. 세계 1, 2위를 자랑하는 청소년 자살 건수는 여전히 어른 되기 힘든 세상이라는 것을 보여 주고 있습니다. 좋은 세상을 만들어 주지 못한 미안함, 속박에서 벗어나지 못하게 만든 책임감의 일부를 빌려 이 단편을 썼습니다. 부디 역경을 잘 이겨 내고 좋은 어른이 되기를 바랍니다.

엑
소
도
둑

주원규

1975년 서울에서 태어났다. 2009년 장편소설 『열외인종 잔혹사』로 제14회
한겨레문학상을 수상했다. 청소년소설 『아지트』 『주유천하 탐정기』 장편소
설 『무력소년생존기』 『반인간선언』 『망루』 『광신자들』 『너머의 세상』 평론집
『성역과 바벨』 『민중도 때론 악할 수 있다』 등을 펴냈다.

"그건…… 순수하지 못해."
"뭐라는 거야?"
"순수하지 못하다고."

1

정화가 훔쳐 달라는 건 티팬티였다.

처음 티팬티란 말을 들었을 때, 동갑내기 정화를 격렬히 흠모하는 우리의 막구는 못 알아들은 척, 유난히 크고 희멀건 흰자위 가득한 눈동자를 깜빡거리기만 했다. 자신의 절대 엘프 정화에게 티팬티 따위의 말을 알지 못하는 범생이로 인정받고 싶어서였다. 하지만 돌아온 정화의 반응은 싸늘했다.

"티팬티 몰라?"

"글쎄 잘 모르겠네. 끈이 달린 브래지어는 들어봤어도. 끈 달린 팬티야?"

"놀고 있네. 티팬티 모르는 남고딩이 어디 있냐? 괜히 순진한 척하지 마. 지금 네 기숙사 방으로 쳐들어가 야동 몇 편 나오나 컴 수색해 볼까? 삼백? 아님 오백?"

막구는 정화를 볼 때마다 진한 아쉬움을 지울 길 없었다. 정화는 그야말로 청순가련의 표준이다. 유난히 뾰족한 브이라인

턱선 하며 그야말로 막구가 간신히 재학 중인 대안학교 성골고등학교에 어울리지 않는 비주얼의 소유자인 것이다. 게다가 몸매는 또 어떤가. 최신을 달구는 핫의 대명사들인 걸그룹의 재림이다. 이건 단지 막구의 주관적인 찬양이 아니다. 정화의 외모는 성골고등학교 남고딩 모두가 입 모아 찬양하는 수준이 분명했다.

그런데 이렇게 엘프급 외모와 몸매를 가진 정화의 입에서 나오는 말은 막구가 듣기에도 민망할 정도로 농도가 짙은 음담패설 일색이었다. 닥치는 대로 내뱉는 정화의 광속 욕설, 저급한 상소리가 막구의 환상을 이따금씩 산산조각 내곤 했는데, 그래도 막구는 조금만 지나면 정화를 보며 배시시 웃고 말았다. 막구는 실없이 웃는 자신을 보며 다음과 같은 혼잣말을 지껄이곤 했다.

'역시 여자는 예쁘고 봐야 해. 예쁘면 모든 게 용서된다니까.'

여하튼 정화가 막구에게 다가와 진지하게 건넨 말, 그 말은 요청에 가까운 부탁이었고, 내용인즉슨 티팬티를 훔쳐 달라는 거였다. 배경 설명을 잠깐 하자면 성골고등학교에 200여 명 가까이 되는 남고딩 녀석들 열에 아홉은 여신급 외모의 정화에게 절대적 관심을 갖고 있었고, 관심의 대부분은 속된 말로 한번 자고 싶은 욕구뿐이었다. 막구 역시 그 욕구에서 예외가 될 순 없었다. 다른 남학생도 마찬가지겠지만 기숙사 생활을 하는 성골고등학교의 아침은 막구에게 더없이 잔인했다. 아침마다 불뚝불뚝 치솟는 그곳 처리를 어떻게 해야 할지. 막구는 또래 녀석들 중에서도 혈기왕성한 청소년 중 발육면에서 탑클래스에 속했다. 하루에도 세 번 이상 자위를 하지 않으면 여선생님 얼굴 보기 민망하고 친구들 보기가 부끄러운 하체의 소유자인 것이다. 그런 막구가 브이라인 얼굴에 쭉쭉빵빵 몸매를 가진 정화와 한 번 자고 싶은 생각을 지운다는 것 자체가 상상이 불가능한 상황. 하지만 어디까지나 정화는 막구에게 그림의 떡이었다. 막구에게 정화는 일본 에이브이 야동을 보며 머릿속으로 떠올리는 것 외에 할 수 있는 게 아무것도 없는 캐릭터가 분명했다. 그런데 그런 비현실 속 여왕이 자신에게 먼저 다가와 뭔가 훔쳐 달라고 하다니. 그것도 티팬티를? 이게 웬일인가.

물론 막구가 성골고등학교 전체에 자신의 중학 시절 무용담을 입버릇처럼 흘리고 다니긴 했다. 중학교 때 오토바이 훔치는 기술은 은평구 전체에서 자기를 따라올 자가 없었다고. 덕분에 소년원 보호감호 석 달 살다 나오긴 했지만, 그것도 어쩌다 재수 없어 걸린 거지, 맘만 먹으면 세상에 훔치지 못할 게 없다고 큰소리 뻥뻥 치며 고딩 2학년 여름까지 지내 온 막구였다. '이런 내 이력을 정화가 듣지 않을 리가 없어.' 막구는 확신했다.

'하지만 내가 훔친 건 오토바이지 티팬티가 아닌데.' 그 말을 마음속에 담아 두고 배시시 웃기만 하던 막구의 얼굴을 빤히 쳐다보던 정화의 이어지는 말은 막구에게 절망과 희망을 동시에 안겨 주었다.

"엑소 카이 알지? 카이 오빠도 모른다 하면 진짜 죽일 거야. 구라 아니야."

"다, 당근 알지. 엑소 모르는 고딩이 어디 있어?"

"그건 그래."

"그런데 카이는 왜?"

"카이 티팬티 훔쳐 줘."

"뭐?"

"그럼 자 줄게."

"뭐라고?"

"나랑 찐하게 한번 썸타게 해 주겠다고. 말귀 못 알아들어?"

융단폭격 쏟아지듯 이어지는 정화의 이후 말들은 앞뒤 하나 안 맞게 지껄이는 넋두리였다. 그래도 한 가지는 일관되었다. 무슨 수를 쓰든 카이의 티팬티를 훔쳐 자신에게 전해 달라는 것. 그럼 자 주겠다는 것. 그것이었다.

정화는 이 해괴망측한 제안을 막구와 단둘이만 있는 은밀한 장소에서 하지 않았다. 학교 강당, 그것도 세 반이 연합해서 단체로 체육수업을 준비하던, 그래서 누구라도 조금만 관심을 기울이면 충분히 엿들을 수 있는 공개된 장소에서 말한 것이다.

막구는 눈치가 빠른 편이었다. 막구는 정화가 그냥 듣기만 했을 뿐인데 아랫도리가 단단해져 트레이닝복 바지를 찢고 튀어나올 것 같은 이야기를 누구나 들을 수 있는 공개 장소에서 지껄였다는 건 결국 누구라도 먼저 나서서 카이의 티팬티를 훔쳐 온 다면 자기와 한 번 잘 수 있는 특별 사용권을 주겠다는 뜻으로 이해했다. 이걸 기회라고 해야 하나. 뭐라고 해야 하나. 막구는 본능적으로 정화가 특별히 힘주어 말한 '썸타게'란 말이 튀어나올 때, 일제히 정화와 막구에게 집중된 남고딩 녀석들의 표정을 살폈다.

불행일까. 다행일까. 누구도 '내가 막구 대신 티팬티 훔쳐 오겠다'고 호기 있게 나서지 않았다.

"카이가 티팬티를 입어? 그런 거 여자들만 입는 거 아냐?"

"공연 중에 땀 차면 간지가 안 나요. 그러니 우리 카이도 티팬티 입는 게 당연하지."

"그렇긴 하네."

"검은색 나비 새겨진 거. 그걸 꼭 훔쳐 와야 해. 다른 건 안 돼. 절대."

"검은색 나비? 그런 걸 진짜 입었을까?"

"내가 우리 카이 두고 구라 칠까 봐 묻는 거야? 정보는 확실해. 확실한 건 엑소 숙소로 쓰고 있는 청담동 엑소 빌라 5층, 카이의 단독 침실에 가면 훔칠 수 있다는 거야."

한 번도 막힘없이 카이의 티팬티, 그것도 검은색 나비가 나풀거리는 상상만 해도 흉측한 것이 어디 어디에 보관되어 있을 거란 얘기를 하는 것에서 막구는 정화의 제안이 전혀 장난이 아니란 걸 확신했다. 정화는 막구의 어느새 헤벌쭉 벌린 입가에 고인 침을 한심하다는 듯 바라보며, 자신감에 찬 목소리로 말했다.

"지금 바로 결정해. 할 거야 말 거야?"

"잠깐, 잠깐만. 보기보다 성격 급하다. 너."

"내가 급한 게 아니라 막구, 네가 우유부단한 거야."

"어?"

"갑자기 웬 감동 먹은 표정?"

"내 별명. 어떻게 알았어?"

"그 정도는 기본이지. 너…… 막 굴러가는 공이라서 막구라며? 본명은 김창구. 맞지?"

정화가 자신의 별명도 모자라 그 해석까지 말하는 순간 막구는 자신도 모르게 힘차게 고개를 끄덕였다.

"까짓것 해 보지. 훔쳐 보겠어. 엑소가 별거야."

"디데이는 오늘 저녁이야."

"엉? 오늘 저녁?"

"엑소 오빠들 오늘 잠실경기장에서 콘서트 하느라 새벽 4시되어야 들어와. 그 전까지 거긴 빈 집이라고."

"……."

"왜? 하기 싫어? 딴 애한테 갈까?"

"아니야. 씨발. 내가 할 거야. 가긴 어딜 가."

"오. 박력 대박인데."

"엑소 별거야. 씨발."

"기대하겠어."

말하는 내내 정화는 빳빳이 치솟은 막구의 트레이닝복 바지
를 측은지심 가득한 눈길로 바라봤다. 그 눈빛은 '쯧쯧. 남고딩
으로 태어난 게 무슨 죄야' 하고 말하는 것 같았다.

그에 대해 막구는 할 말이 없었다. 정답이기 때문이다. 엑소
청담동 빌라에 도둑질하러 올라갈 생각을 하니 마음은 새가슴
이라 쾅쾅쿵쿵 떨리는데, 반대로 정화와 어떻게 해 볼 상상에 아
랫도리가 불끈불끈 치솟는 이 부조리. 어찌하면 좋단 말인가.
막구는 최대한 불쌍한 표정을 지으며 연방 혼잣말을 지껄였다.

"엑소…… 씨발 다 죽었어."

2

엑소 다 죽었다고 말은 했지만 막구의 고민은 깊어만 갔다.
가뜩이나 나이답지 않게 이마에 주름도 많은 성골고등학교의

대표 노안 막구지만, 지금은 이마에 주름 맺히는 것 따윈 신경 쓸 여유조차 없었다.

수업시간 내내 막구는 고민에 고민을 거듭했다. 물론 고민의 목표는 확고했다. 정화랑 자는 것이다. 엑소 카이의 티팬티만 훔쳐 온다면 걸그룹 뺨치는 비주얼의 소유자, 성골고등학교 레전드 정화와 살아 숨 쉬는 19금 동영상을 찍을 수 있는 것이다!

하지만 이런 막구의 웅대한 포부와 기대를 한 방에 깎아내린 건 막구의 스마트폰 속에 담긴 몇 장의 스캔 사진이었다. 바로 청담동 엑소 멤버들이 생활하는 이른바 엑소 빌라로 불리는 곳. 그곳 건물 사진이 막구의 기를 보기 좋게 눌렀다.

"씨발. 완전히 캐슬이야. 캐슬."

막구의 혼잣말은 거짓이나 과장이 아니었다. 청담동 엠카운트 방송국 건물 뒤편에 위치한 빌라 타운은 5층짜리 빌라 다섯 채를 또 역시 5층 높이의 붉은 벽돌로 둘러싸고 있는 모양새였다. 어림잡아 수십 개가 넘는 시시티브이가 360도 회전하며 가동 중이었고, 농담 하나 안 보태고 30분에 한 번씩 백차나 방범업체 차량이 순찰을 도는 곳이었다. 그런데, 어떻게 이런 곳에 들어갈 것이며, 막상 들어간다 해도 과연 카이의 침실로 들어가 녀석의 티팬티를 훔쳐 올 수 있을지 의문이었다.

물론 이 미션이 불가능에 가깝다고 생각했다면 아무리 19금에 눈먼 막구라 해도 정중히 거절했을 것이다. 하지만 막구가 정화의 요구를 쉽게 뿌리치지 않고 오히려 강한 자신감을 보인 이면엔 한 가지 믿는 구석이 있어서였다. 막구는 이제 그 믿는 구석에게 다가가 고민을 호소하는 수밖에 없음을 절감했다. 결심을 굳힌 막구는 수업시간이 끝나는 오후 4시. 그 믿는 구석에게 다가갔다. 그 믿는 구석이 좋아하는 파리바케트산 피자빵을 준비한 막구는 믿는 구석에게 평소와는 다른 친절함을 베풀었다. 믿는 구석은 막구와 중학교 시절부터, 둘 모두에게 흑역사인 소년원 시절 행동을 같이했던 돌격대란 별명을 가진 친구였다.

파리바케트 피자빵이라면 열 개든, 스무 개든 제한 없이 먹을 수 있다고 자부하는 돌격대가 어느새 먹어 치운 피자빵이 벌써 일곱 개가 넘었다. 막구는 더 이상은 사 줄 수 없었다. 돈도 떨어졌고, 무엇보다 아직 절친도, 뭣도 아닌 친구 돌격대가 자신의 요구에 응하지 않은 탓이다. 막구는 몸이 달았다.

"씨발 돌격대야. 그만 처먹고 결단해. 할 거야. 말 거야."

피자빵 부스러기를 입가와 치아에 잔뜩 묻힌 돌격대가 막구의 채근을 받곤 잠시 생각에 잠긴 듯 먼 곳을 바라봤다. 하지만 막구는 돌격대가 무슨 복잡한 생각을 할 위인이 아님을 잘 알고 있었다. 중학교 때부터 막구가 봐 온 돌격대는 참으로 애매한 정신연령의 소유자가 분명하다. 정신지체는 결코 아닌데, 그래서 일반 고등학교에 멀쩡히 재학 중이긴 한데, 돌격대는 사리판단에 있어서 전혀 머리 쓸 줄 모르는 무모한 순박함을 가진 친구였다.

막구는 돌격대의 두 가지 특기를 높이 평가했다. 하나는 돌격대 역시 절도 혐의로 전과가 있는데, 녀석의 특기가 야마카시, 다시 말해 건물 타고 오르거나 건물과 건물 옥상 건너뛰기, 건물 벽 타고 4, 5층 건물 단숨에 오르기 등의 실력을 갖고 있다는 점이었으며, 또 하나는 아무리 어려운 미션이 주어져도 자신의 이익 여부에 별 상관없이 될 때까지 물고 늘어지는 저돌적 성향이 그것이었다.

막구에게 돌격대는 최후의 희망이었다. 시시티브이에 걸리는 거야 검은 비니에 마스크 쓰면 되고, 세콤이 울린다 해도 어떻게든 빠져나갈 구멍은 만들 수 있을 것 같았다. 문제는 빌라 안으로 들어가는 방법이었다. 정문으로 밀고 들어가는 게 불가능한 현실에서 유일한 진입 방법은 시시티브이 사각지대인 빌라 벽을 타고 올라가 카이 숙소가 있는 5층 창문을 열고 들어가는 길 뿐이었다. 그 일을 과연 누가 하겠는가. 돌격대 외엔 답이 없다고 막구는 확신했다.

하지만 한참을 생각하던 돌격대가 꺼낸 말은 막구를 적잖이 당황케 했다.

"너. 나랑 친해?"

"어. 그런 말. 나 열라 섭하게 만든다. 우리가 그런 걸 물을 사이야?"

"별로 안 친한 것 같은데."

"왜 안 친하다고 생각하는데?"

"나한테 피자빵 많이 사 주지도 않았잖아."

'이런 아메바 같은 녀석!' 막구는 피자빵으로 모든 걸 평가하
는 돌격대 녀석의 무모함에 욕지거리를 시원하게 쏟아붓고 싶었
지만 일단은 돌격대의 실력이 아쉬운 상황이기에 꾹 참고 웃어
보이며 말을 이었다.

"돌격대. 넌 나의 하나뿐인 베프, 절친이야. 아니야. 그걸론
부족해. 넌 나와 한몸이야. 일심동체! 일심동체 몰라?"

"한몸?"

"그럼. 우린 이미 중학교 시절부터 함께였고, 소년원 동기이기
도 해. 이렇게 학교, 소년원까지 같이 굴러다니는 게 어디 쉬운
줄 알아."

"그건 그렇지."

다시 눈을 깜빡거리며 멍 때리는 돌격대의 빈틈을 발견한 막
구는 그때를 놓치지 않았다. 막구는 돌격대 옆에 낙지처럼 달라
붙어 스마트폰으로 중세 고성을 떠올리게 하는 엑소 빌라 사진
을 손가락으로 가리키며 말을 이었다.

"어려울 거 없어. 넌 그냥 카이가 사는 빌라 벽 타고 올라가
5층 안으로 들어간 뒤 입구 문만 열어 주면 돼."

"근데 막구."

"응. 돌격대. 말해."

"여긴 왜 들어가려고 해? 너 엑소 팬이야?"

"돌격대. 아니. 병우. 한병우야."

막구의 목소리가 착 가라앉더니 진지 모드로 급변했다. 돌격대의 본명 한병우를 부른 막구가 녀석의 어깨에 손을 얹고는 비장한 표정으로 말했다. 그러자 돌격대의 얼굴 표정 또한 순식간에 막구의 진지함에 전염되었다.

"때론 친구를 위해서 제 한 몸 내던지는 그런 거. 나 막구는 그런 게 진짜 의리라고 생각한다."

"그건 그래. 근데."

"아아. 질문 그만하고. 돌격대. 넌 내 베프야. 앞으로 피자빵 배 터지도록 사 줄게. 그러니 아무것도 묻지 말고 오늘 저녁 내가 시키는 거 딱 하나만 해 주라. 의리 있는 내 친구 돌격대야. 부탁이다."

돌격대가 유난히 더 멍청해 보이는 시선을 어디에 둬야 할지 몰라 당황해 했다. 판단능력이 흐려지는 순간이었다. 막구는 이때를 놓치지 않고 마지막 남은 피자빵 봉지를 꺼내 돌격대의 입에 슬며시 밀어 넣었다. 피자빵을 씹어 삼키는 돌격대의 얼굴에 특유의 만족감이 감돌았다. 막구는 돌격대와 내내 눈을 마주치며, 다짐받듯 고개를 끄덕거렸다.

3

　돌격대의 실력은 녹슬지 않았다. 돌격대를 지켜보며 내심 감탄해 마지않던 막구는 자신이 이제야 돌격대의 진면목을 봤다는 느낌에 심장이 두근거렸다.

　야자 빼먹고 청담동 엑소 빌라까지 돌격대를 데리고 온 막구는 드높은 빌라 앞에 멈춰 섰을 때만 해도 다리가 후들거렸다. 말이 5층 높이라고 하지만 빌라는 그야말로 하늘 높이 치솟은 중세 시대 고성을 빼닮은 것이었다. 전선까지 죄다 지하로 내려 버려서 전봇대 하나 박혀 있지 않은 엠카운트 빌딩 뒤편은 막구에게 할 수 있다는 자신감보단 '이걸 어떻게……?' 하는 더 큰 두려움을 안겨 주었다.

　하지만 돌격대는 빌라의 높이 따윈 안중에도 없어 보였다. 표정이 그랬다. 방금 전까지도 코를 킁킁거리며 팔자걸음으로 걷던 또래 아이들보다 뚱뚱한 살집을 가진 돌격대의 무표정은 보기에 따라선 미련해 보이기도 했으며, 무엇보다 막구로 하여금 강한 의구심을 갖게 했다. '과연 이런 녀석이 저 높은 빌라를 정복할 수 있을까.'

　밤 12시 20분. 오늘은 엑소가 잠실에서 새벽까지 공연한다는 소식을 들었는지 사생팬이 한 명도 보이지 않는, 오랜만에 조용한 엑소 빌라를 서성거린 막구가 돌격대에게 빌라 건물에서 유일한 시시티브이 사각지대를 가리켰다. 그러곤 말했다. 자신 없는, 못난 성적표를 받아 든 중하위권 고딩의 주눅 든 목소리로.

"저기로 올라가면 걸리지 않을 수 있어. 근데 올라갈 수…… 있을까?"

갈수록 낮아진, 자신 없는 막구의 목소리엔 그만한 이유가 있었다. 붉은 벽돌로 마감된 빌라 외벽을 타고 오를 수 있는 건 도시가스 배관이 유일했다. 그걸 타고 과연 5층까지 오를 수 있을까. 막구는 심히 걱정이었다.

하지만 이어지는 돌격대의 행동은 거침이 없었다. 언제 준비했는지 이삿짐센터 아저씨들의 전용 브랜드 빨간 코팅 장갑을 낀 돌격대는 막구의 말이 끝나기 무섭게 배관을 타고 오르기 시작한 것이다. 몸은 한없이 미련해 보이는데 벽을 타고 오르는 민첩함은 한 마리 흑거미처럼 날렵하고 안정적이었다.

얼마 지나지 않아 5층에 다다른 돌격대가 철문으로 막힌 창문을 거칠게 열어젖혔다. 잠금장치가 달려 있었지만, 돌격대의 빨간 장갑 낀 손에서 터져 나오는 엄청난 괴력 앞엔 무용지물이었다.

막구의 가슴이 흥분으로 벅차올랐다. 막구는 숙소 안으로 들어간 돌격대가 빌라 입구를 열어 주길 기다리며 자신도 모르게 휘파람을 불었다.

'이젠 정말 정화와 뜨거운 밤을 ㅋㅋㅋ' 그런 식의 저급하지만 설렘 가득한 기대감이 막구를 기쁘게 했다.

그런데 그때, 그 기대감의 방해꾼이 있었으니 그건 공교롭게도 현재 막구의 유일한 구세주인 돌격대였다.

빌라 입구 모니터에 얼굴을 드러낸 돌격대가 문 열기를 망설였다. 다급해진 막구가 주위를 살피며 숨죽여 말했다. 불 켜진 경비실 안에 앉아 있는 경비는 티브이를 켜 놓은 채로 꾸뻑꾸뻑 졸고 있었다.

"뭐 하는 거야! 빨리 열어."

"아니야. 열기 전에 알아야 할 게 생겼어."

"뭔 말이야? 경비 아저씨 깨기 전에 빨리 열어! 열라고!"

"엑소 도둑이 되려는 이유가 뭐야?"

"그건 또 무슨 개소리야?"

"카이 티팬티 훔쳐서 정화한테 준다 했다며?"

'멍청한 줄 알았더니 그래도 들은 건 다 듣네.' 막구가 돌연 짧은 한숨을 내뱉었다.

"그래. 그랬다. 그래서 왜? 뭐?"

"너 정말 정화한테 카이 티팬티 주고 빠구리 뜨기로 했어?"

"그렇다니깐. 그래서 그게 왜!"

"그건 별로야."

"도대체 뭐가? 뭐가 별로인데?"

"순수하지 못해."

순간, 막구는 숨이 턱 막혔다. 빌라 입구 모니터에 비친 돌격대의 얼굴에서 느껴지는 단호한 결의, 생뚱맞은 고집을 읽었기 때문이다. 막구는 어떻게든 지혜를 짜내야 했다. 막구가 알고 있는 돌격대는 단순 무식에다 자기감정에 절대적으로 충실한 아이다. 수틀리면 지금이라도 다시 빌라 밖으로 나와 그냥 내려올 녀석이 돌격대다. 그런 돌격대의 이상한 똘기를 잘 알고 있던 막구는 녀석을 어떻게든 달래지 않으면 엑소의 문은 영원히 열리지 않을지도 모른다는 공포에 사로잡혔다.

숨을 고른 막구가 잠자코 답을 기다리는 돌격대에게 더 낮은, 하지만 또렷한 목소리로 말을 이었다.

"돌격대. 이제부터 내가 하는 말 잘 들어. 지금부터 하는 말 백 프로 리얼이야."

"해 봐."

"난 침이나 질질 흘리는 고딩 저능아들처럼 쭉쭉빵빵 한번 먹어 보려고 이러는 게 아니야."

"그럼?"

"정화는 순수하게 엑소를 좋아하고 있어. 아무 이유도 없이 말이야."

"순수하게 좋아하는데 왜 티팬티가 필요하지?"

"나도 몰라. 그 점이 궁금하긴 한데, 그래도 중요한 건 엑소에 대한 정화의 애정은 엄청 순수하다는 거야."

"그런가……?"

"이젠 내가 질문할 차례야. 돌격대. 잘 들어."

"잘 듣고 있어."

"엑소를 순수하게 좋아하는 정화에게 나 역시 순수한 마음으로 엑소의 티팬티를 선물한다. 이것만 봐도 네가 날 도와줘야 한다는 충분한 이유라고 생각하는데 넌 아닌가 봐."

"그게 왜?"

"다시 말해 줄까? 난 정말 정화를 좋아해. 것도 졸라 퓨어하게. 어떻게 한번 따먹고 엘프 먹었다고 애들한테 자랑하고 싶어 이러는 게 절대 아니라고! 정화가 카이를 순수하게 아이돌로서 좋아하듯 나도 정화를 순수한 마음으로 좋아하는 거야. 돌격대. 너는 이토록 순수한 나를 돕는 베프고. 이제 좀 정리가 돼?"

돌격대의 표정은 여전히 복잡해 보였다. 하지만 녀석은 끝내 문을 열어 주었다. 빌라 입구의 문이 열리고 5층으로 향하는 엘리베이터에 오르는 내내 막구는 방금 전 돌격대에게 들려준 자신의 말이 진실이길 바랐다.

4

세상에 이럴 수가. 이건 뭐 대통령 빤쓰를 훔치는 것도 아니고, 기껏해야 스물도 안 된 아이돌 녀석 티팬티 한 장 훔치는 것뿐인데. 강남의 공권력은 죄다 집결한 게 아닌가.

막구와 돌격대는 불과 15분 만에 완전 코너에 몰렸다. 15분 전만 해도 룰루랄라였다. 돌격대가 벽 타고 올라가 창문 따고 막구에게 길 열어 준 뒤, 정화가 말한 대로 카이의 브로마이드, 선물로 가득한 침실에서 검은색 나비 문양이 찍힌 티팬티를 훔치는 데까지 걸린 시간도 경제적이었다. 15분. 단 15분 만에 일을 해치운 것이다.

그런데 예상치 못한 일이 벌어졌다. 창문 따고 들어올 때도 입구 들어올 때도 세콤이 울리거나 그런 일이 없었는데, 돌격대가 쉬 마렵다며 화장실 문을 여는 순간 '삐용-삐용' 하며 세콤 경보음이 우렁차게 울려 퍼진 것이다.

티팬티를 한 손에 움켜쥔 막구는 안절부절못했다. 세콤 경보음이 울린 뒤 1분도 안 됐는데, 백차가 열 대 넘게 엑소 빌라 주위로 모여들었다. 어디 백차뿐인가. 세콤 경비업체 차도 따라붙었고, 대형 화재라도 난 줄 알고 119에서 급파한 초대형 살수차까지 등장했다.

"어떡하지? 어떡해? 좆 됐어. 좆 됐다고!"

막구가 울먹였다. 티팬티 한 장 훔치려다 희대의 변태성욕절
도범이 되는 건 아닐까 하는 생각과 이대로 인생 좋날지도 모른
다는 생각에 울컥했다. 자고로 도박과 여자는 멀리해야 한다고
평생을 화투에 빠져 살던 할아버지가 입버릇처럼 자신에게 말해
주었는데 그 말을 들을걸 하는 후회가 뼛속까지 파고들었다.

그때였다. 돌격대가 돌발행동을 보였다. 말도 않고 창문 열
고 밖으로 오른발을 내민 것이다. 그러자 일제히 백차의 헤드라
이트가 5층 열린 창문 사이에 모습을 드러낸 돌격대의 발을 비
추었다. 막구가 숨죽여 소리쳤다.

"야! 너 뭐 해!"

막구의 촐싹거림과 다르게 돌격대는 담담했다.

"넌 계단 타고 밑으로 내려가."

"그럼 넌?"

"난 옥상으로 올라가서 빠져나갈게. 옥상에서 관심 끌다 옆
건물로 튀어 버리면 짭새들이 나만 잡으려고 쫓아올 거야."

"돌격대……."

짧은 순간이지만 무심하게 내뱉는 돌격대의 말을 듣는 내내
막구의 가슴은 뜨거워졌다. 아. 이런 것이 진정한 베프의 모습
이구나 하는 생각에 가슴 뭉클해진 것이다.

돌격대 말대로 막구는 별 탈 없이 엑소 빌라를 빠져나왔다.

모두의 시선이 다섯 채가 모여 있는 빌라 옥상 이곳저곳을 스파이더맨처럼 건너뛰는 돌격대 추격에 얼이 빠져 있었기 때문이다.

　부리나케 빌라를 빠져나온 막구는 한밤의 해프닝에 놀라 밖으로 나온 슬리퍼 차림의 주민들 틈바구니에 끼어 옥상 쇼를 펼치는 돌격대를 지켜봤다. 막구는 그 순간 기도했다. 돌격대가 무사히 도망치기를. 아무 일 없기를.

　그 순간 한 아줌마의 자지러지는 비명소리가 들렸다. 다른 사람들도 순간 '저런!', '저걸 어떡해?' 하는 등 한 마디씩 하는 소리가 들려왔다.

　돌격대가 빌라 옆 병원 옥상으로 한 걸음에 점프했을 때였다. 그 순간 돌격대의 모습이 병원 옥상이 아니라 병원 밑으로 떨어지는 모습이 모두의 눈에 목격되었기 때문이다. 막구는 돌격대가 옥상 건물 밑, 골목으로 떨어지는 충격적인 장면을 바라보았다. 하지만 더 충격적인 건 자신의 몸이 떨어진 돌격대의 추락 지점을 향하지 않고 그 반대편을 향한다는 사실이었다. 정화에게 조공으로 바칠 티팬티를 힘껏 붙잡은 손의 악력도 점점 더 강해져만 갔다.

　한 걸음에 돌격대가 떨어진 반대편으로 질주한 막구의 심장은 터질 듯 쿵쾅거렸다. 돌격대에 대한 미안함과 또 한편으로 빨리 정화랑 자야지 하는 충동 중 어느 게 더 위급한지 자웅을 겨룰 수 없을 정도로 막구를 괴롭혔기 때문이다.

5

정화의 얼굴에 웃음꽃이 폈다.

막구의 눈에 비친 정화의 모습은 조금 실망스러웠다. 워낙 볼륨 있는 가슴 라인이 유별나게 돌출된 쫄티셔츠 차림의 정화가 카이의 티팬티를 두 손 높이 들어 만지작거리는 꼴을 지켜보는 건 썩 유쾌한 일이 아니었다. 하지만 뭐 어쩌겠는가. 이렇든 저렇든 막구는 자신에게 주어진 절호의 기회를 놓치고 싶지 않았다.

이른바 청담동 엑소 빌라 난동 사건이 실시간 검색어를 뜨겁게 달구던 다음 날. 막구는 정화의 호출을 받고 여자 기숙사, 정화의 방까지 진입했다. 오전 체육 수업으로 기숙사 관리 선생이 잠시 자리를 비운 정보를 알고 있는 막구는 오전 시간의 기회를 놓칠 수 없다는 확신이 들었다. 성골고등학교의 최고 퀸카가 직접 자신에게 카톡까지 날리며 기숙사, 그 은밀한 장소로 호출하는 게 무슨 뜻이겠는가. 막구는 전날 밤의 충격, 돌격대에 대한 미안함을 아주 잠시 동안만 잊어버리자고 스스로에게 최면을 걸었다. 그렇게 막구는 여자 기숙사를 향했고, 어렵지 않게 5층 정화의 방에 들어섰다.

　방 안에 들어가기 직전 막구는 상상했다. 정화의 기숙사 방 안에는 온통 엑소의 사진, 브로마이드, 엑소 오빠 아니면 죽고 못 사는 사생팬의 전형적인 풍경이 펼쳐져 있을 것으로 말이다. 하지만 막상 들어오고 보니 막구의 예상과는 달랐다. 방 어디에서도 엑소의 흔적을 찾을 수 없었다. 멤버 카이의 모습은 더더욱 확인이 안 되었다. 이게 과연 엑소 사생팬의 방이라 할 수 있을까 하는 의문이 들 정도였다.

　막구가 상납한 티팬티를 한참 동안 이리 만지고 저리 만지며 살펴보던 정화가 이내 말문을 열었다. 제법 부드럽고 상냥한 목소리였다.

　"수고했어."

　"찾는 게 그거 맞아?"

　"응. 그럼⋯⋯."

　약간 생뚱맞은 표정을 지은 정화가 오른손으로 침대를 가리키며 말했다.

　"저기 누워."

　"뭐?"

　"침대 가서 누우라고. 해야지."

'뭐 이런 여자애가……'라는 말이 목구멍까지 차올랐지만 막구는 고분고분 정화의 지시에 따랐다. 막구는 엉거주춤한 발걸음으로 정화가 턱짓으로 가리킨 이층침대로 다가가 침대 모서리에 엉덩이를 기대고 앉았다. 허리를 완전히 세우자 머리가 '쿵' 소리를 내며 이층침대 천장에 부딪혔다.

정화는 컴퓨터 모니터 화면 앞에서 눈을 떼지 않은 채, 또한 쉼 없이 마우스질에 열중하며 막구를 재촉했다.

"완전히 누워. 옷도 다 벗고. 너 막구, 이빨은 닦았지?"

"여, 여기서?"

"그럼 여기서 하지. 어디서 해? 엠티라도 가고 싶어? 너 돈 많아?"

정화가 퉁명스럽게 반문을 던졌고, 이에 기가 죽은 막구는 더이상 말하지 않았다. 그렇다고 옷을 벗지도 않았다. 아주 이상한 현상 때문이었다.

검은색 트레이닝복을 차려입은 막구는 여느 때처럼 그것이 불끈거리며 치솟지 않았다. 장소가 처음 오는 장소, 그것도 여자 기숙사여서 그런 걸까.

'이러면 안 돼. 이러면!'

막구는 서둘러 정화가 눈치채지 못하게 자신의 그것을 주물렀다. 일부러 걸그룹들의 야시시한 몸동작을 머릿속에 떠올리며 흥분을 유도했다. 하지만 그것은 좀처럼 힘을 찾지 못했다.

막구는 곰곰이 생각했다. 뭔가 다른 이유가 있는 것 같았고 그 다른 이유가 막구의 질풍노도 신체에 심각한 위험신호를 전달하고 있다는 짐작이었다.

정화가 넋을 잃고 바라보는 컴퓨터 모니터에선 쇼핑몰 팝업이 분주하게 오르내렸다. 모니터 화면 너머로 이층침대 1층 깊이 들어앉은 막구를 의식해선지 정화 역시 막구를 향해 돌아보며 한 마디 빠르게 던졌다.

"5분만 기다려. 이거만 올리고."

정화가 자신의 폰으로 티팬티를 찍기 시작했다. 책상 위에 가지런히 내려놓고 찍는 것은 보통, 손으로 들고 찍고, 손가락 사이에 끼워서 찍고, 팬티를 한껏 양 옆으로 크게 벌리면서 찍고, 촬영할 때마다 카이의 이니셜과 나비 문양이 특별히 잘 보이도록 신경 썼다.

스마트폰으로 사진 찍고, 찍은 걸 USB에 담아 자신의 컴퓨터 바탕화면에 옮겨 담은 뒤, 인터넷 쇼핑몰에 별 다른 고민 없이 파일을 첨부하는 모습을 보다 못한 막구가 정화에게 물었다.

"지금 뭐 하는 거야?"

"뭐 하긴. 사생카페 게시판에 올리는 거지."

"뭘?"

"카이 티팬티 말이야."

정화는 사진 촬영이 끝나자 막구가 목숨 걸고 빼내 온 카이 티팬티를 무신경하게 옆 책상 위에 던져 놓았다. 막구가 다시 물었다.

"그걸…… 팔려고?"

"당근이지. 카이가 입은 티팬티라고 하면 대박, 난리도 아닐걸."

"너, 엑소 좋아하는 거 아니야?"

"좋아하지."

"좋아해서 티팬티 가지려고 한 거 아니었어?"

"그건 그거고, 이건 이거고."

정화가 다시 막구를 향해 몸을 돌린 뒤 손으로 돈을 상징하는 동그라미 표시를 지어 보이며 짧은 한 마디 더 보탰다.

"와우! 완전 대박."

순간 막구는 숨이 막혔다. 게시판에 '엑소 카이 티팬티 리얼 맞음. 나비 문양. 장난 아님. 최저가 200부터. 댓글 올리세욤~' 이라는 글을 올리고 자리에 일어선 정화를 본 순간 질식할 것 같은 숨 막힘이 찾아왔다. 정화가 어떻게 구했는지 걸그룹들이 즐겨 입는 탱크탑 셔츠에 금박별이 박힌 초미니 청바지 차림으로 옷을 갈아입는 서비스 정신까지 보여 줬지만 막구의 답답함은 좀처럼 해결되지 않았다.

"왜 이렇게 육수를 질질 흘리실까? 의외로 순둥이네."

막구가 흘리는 땀을 보며 정화가 신기한 듯 말을 걸었다.

"나랑 원타임 썸 뜨는 게 그렇게 설레? 그렇다고 너 처음은 아니지?"

"그냥 네가 가지면 안 돼?"

"무슨 소리야?"

"티팬티 말이야. 내가 목숨 걸고 구해 온 건데 안 팔면 안 되겠냐고."

"너 오늘 말 많다. 내가 알아서 한다는데 왜 그래?"

"그건…… 순수하지 못해."

"뭐라는 거야?"

"순수하지 못하다고."

"골 때리는 소리 말고 시간 없어. 빨리 해. 안 그럼 기숙사 선생 들이닥쳐."

정화는 순수하지 못하다는 막구의 말을 끝내 알아듣지 못했다. 막구는 아주 조심스럽게 정화를 밀어내고 이층침대에서 벗어났다. 그러고는 정화의 책상에서 카이의 티팬티를 집어 들었다.

"야! 너 뭐 하는 거야!"

정화가 놀란 얼굴로 막구를 붙잡으려 했다. 하지만 막구는 그대로 기숙사 방을 벗어났다. 큰소리를 칠 수 없던 정화가 엘리베이터 방향으로 걸어가는 막구를 향해 경고하듯 말했다.

"너 그거 안 갖고 오면 정말 아무것도 없어! 각오해!"

복도를 걷는 내내 막구는 혼잣말처럼 중얼거렸다.

순수하지 못해.

씨발.

6

막구가 돌격대를 병문안한 건 그 일이 있은 이틀 뒤였다.

9인용 정형외과 병실에 오른팔과 오른다리에 깁스하고, 그것
도 모자라 목, 골반에도 보호대를 착용한 돌격대를 지켜본 막
구는 아무것도 묻지 않았다. 어떻게 5층 건물 옥상에서 떨어졌
는데 살아 있느냐, 경찰들이 벌떼처럼 모여들던데 어떻게 도망
쳤느냐, 네 엄마 아빠는 이 모양 이 꼴을 보고도 아무 말 안 하
더냐, 그리고 결정적인 질문, '내가 밉지 않느냐'······.

그러한 질문을 막구는 끝내 하지 않았고, 돌격대 또한 부러
말하지 않았다. 대신 막구는 자신의 한 달 치 용돈을 탈탈 털어
구입한 피자빵을 돌격대의 그나마 성한 왼손에 포장까지 정성
껏 뜯어 쥐여 주었다. 돌격대는 무표정하게 피자빵을 먹으며 막
구를 바라봤다.

"티팬티는 잘 건네줬냐?"

한참 지난 뒤 돌격대가 꺼낸 말이다. 피자빵 빈 봉지 십수 개
가 병실 바닥에 즐비하게 내버려진 뒤였다. 돌격대 말을 들은 막
구가 뒷주머니에 함부로 찔러 넣었던 문제의 티팬티를 꺼내 보

엑소 도둑　　　217

였다. 티팬티를 본 돌격대도, 그것을 꺼내 놓은 막구도 서로 눈만 껌뻑거리며 그것을 바라볼 뿐 아무 말도 하지 못했다. 막구는 당연한 침묵일지 모른다고 생각했다.

어색한 침묵 뒤, 돌격대가 다시 말문을 열었다. 돌격대가 한마디 할 때마다 막구는 녀석에게서 면죄부를 받는 기분에 마음이 한결 가벼워졌다.

"이거나 볼까?"

돌격대가 피자빵 건더기가 잔뜩 묻은 왼손으로 자신의 스마트폰을 만지작거렸다. 몇 번 조작하니 야동 제목을 연상케 하는 동영상이 재생되었다. 아닌 게 아니라 그건 야동, 그중에서도 국산 야동이었다.

'걸그룹 닮은 에이브이 여왕 리사의 첫경험', '걸그룹 나나와 싱크로 백 프로 리얼 헌팅' '걸그룹 없인 못살아 정말 못살아' 등. 그 조잡한 야동을 일일이 재생하는 돌격대의 친절함을 대한 순간 막구의 눈물샘은 터져 버리고 말았다.

이유는 알 수 없었다. 막구는 병실 침대에 누워 있는 돌격대 앞에 무릎을 꿇고 머리는 침대에 처박은 채 소리 높여 울었다. 지금의 녀석에겐 다른 병실 환자들의 따가운 시선 따위 신경 쓸 겨를이 없었다. 막구는 참았던 울음을 터뜨린 것이다. 하지만 왜 우는지는 막구 자신도 잘 몰랐다. 녀석은 그냥 울고 싶었다. 그뿐이었다.

돌격대가 소리 높여 우는 막구의 어깨를 토닥여 주며 한 마디 건넸다.

"아쉬운 대로 이거나 보자. 응?"

다시 그날로 돌아간다면……

안타깝게도 이 이야기는 제 실제 경험을 소재로 만든 이야기입니다.

고등학교를 끝내주게 불성실하게 재학 중이던 그 무렵, 그때는 한창 서태지와 아이들이 등장하던 때였습니다. 처음엔 사람들이 서태지와 아이들을 보고 '저거 뭐 하는 애들이야?' 하는 얼굴이었는데, 몇 달 지나니까 웬걸요. 전국을 휩쓸 정도로 엄청난 인기몰이를 하지 않겠습니까. 그때, 나와 비슷한 정신연령을 가진 친구가 함께 도전했던 일이 바로 서태지의 집에 들어가 속옷을 훔치자는 것이었습니다. 진짜 멍청한 일이었죠. 당시 나와 내 친구는 서태지가 어릴 때부터 살던 집을 알고 있었거든요. 그래서 그가 살던 집에 들어갔던 거예요. 가수 데뷔 이후 숙소가 바뀐 것도 모르고 말이죠.

여기서 중요한 질문 하나 할게요. 그런 미친 짓을 왜 했냐고요? 이유는 「엑소 도둑」과 비슷합니다. 그 당시 여자친구에게 잘 보이기 위해서였죠. 내 두 번째 사랑이던 여자친구는 서태지를 광적으로 좋아했고, 난 그 친구에게 뭔가 대단한 걸 선물하고 싶었던 겁니다.

이후 에피소드 역시 「엑소 도둑」과 비슷합니다. 이건 스포일러가 될까 봐 말을 아끼겠는데요, 그때 느꼈던 경험이 꽤 오랫동안 제 기억 속에 남아 있습니다. 이렇게 소설로 쓰기까지 했으니 말 다한 거죠.

그땐 모든 게 아주 약간씩은 어설펐어요. 그런데 기분이 묘하고 조금 더러운 건 그 어설펐던 시절이 마냥 순수하지만은 않았다는 겁니다. 어른들은 말이죠. 청소년 시절, 특히 성性이니 뭐니 하는 민감한 주제를 생각하기만 하면 '그땐 그래도 풋풋하고 순수했어' 같은 말을 갖다 붙이는 걸 무슨 목사님 설교처럼 되풀이합니다. 그런데 돌이켜 보면 제 청소년 시절도 그랬듯 청소년이라서 특별히 순수하진 않았던 것 같아요. 그냥 똑같습니다. 어른이 된 지금도 결혼하면 불륜을 걱정하고, 아이 걱정하고, 직장 걱정하고, 돈 버는 거 걱정하는 것처럼 말이죠.

다만 한 가지는 확실히 달랐던 거 같아요. 하고 싶은 것과 하지 말아야 하는 것. 그 경계가 분명하다는 겁니다. 하고 싶은 걸 해내려는 의지는 청소년 때가 아니면 할 수 없는 강렬한 뭔가가 틀림없이 있어요. 그뿐인가요. 하지 말아야 하는 것에 대해선 누가 뭐라 해도 하지 않아요. 싫은 것, 강요당하는 것, 억지로 떠밀리듯 하는 것, 정의롭지 못한 것. 그런 건 진짜 못 한다고 말하거나 최소한 하지 않으려고 버티는 힘. 그런 힘이 청소년 시절에는 분명 넘쳐나는 것 같습니다.

나이를 먹으면 먹을수록 하고 싶은 것과 하지 말아야 하는 것 사이의 경계가 희미해져요. 인간의 몸이 늙어 갈수록 다 그런가요. 그냥 모든 것이 좋은 게 좋은 걸로 변하네요. 그래서일까요. 제가 만약 열일곱, 그때로 다시 돌아갈 수 있다면 다시 한 번 기세 좋게 밀어붙이고 싶어요. 그게 무슨 일이든, 어떤 결과가 나오든 일단 그런 염려는 싹 걷어치우고 말이에요.

황당한 소설 써 놓고 너무 무게 잡고 이야기한 것 같아 죄송해요. 모쪼록 「엑소 도둑」이 아주 조금은 신선한 킬링 타임이 되었으면 좋겠어요. 즐겁게 읽어 주세요.

ps. 내 두 번째 여친에겐 함부로 그때 일을 공개해 미안하다는 말을 전하고 싶습니다. 뭐 이해해 주겠죠. 얼마나 오래된 이야기인데요. ^^;;

바다로 간 달팽이 **013**

안드로메다 소녀 테마소설집 : 십 대의 성과 사랑을 말하다

1판 1쇄 발행일 2014년 12월 29일 • 1판 1쇄 발행부수 2,000부
글쓴이 김도언·김유철·김해원·박영란·전건우·정명섭·주원규
펴낸곳 (주)도서출판 북멘토 • 펴낸이 김태완 • 편집주간 김혜선 • 편집 진원지, 박혜리
디자인 안상준 • 마케팅 이용구 • 관리 윤희영 • 출판등록 제6-800호(2006. 6. 13)
주소 121-869 서울시 마포구 월드컵북로 6길 69(연남동 567-11), IK빌딩 3층
전화 02-332-4885 • 팩스 02-332-4875

ISBN 978-89-6319-117-1　03810